오늘 하루 행복수업

오늘 하루 행복수업

살면서 당신에게 필요한 최소한의 레시피

정안태 지음

행복은 내 안에서 온다

삶은 예기치 못한 순간에 우리를 뿌리째 흔든다. 익숙하고 편안했던 일상이 낯설고 불안정하게 느껴질 때, 우리는 "어떻게 살아야 할까? 이 고통을 어떻게 헤쳐나가야 할까?" 라는 어려운 질문과 마주하게 된다. 나도 그런 시절을 겪었다.

정년퇴직 10년을 남겨두고 나는 예상치 못한 조기 퇴직의 가능성에 직면했다. 두려움과 불안이 끊임없이 나를 괴롭혔고, 특히 2013년은 내게 가장 고통스러운 한 해로 기억된다. 불확실성의 무게에 짓눌렸던 나는 글쓰기에서 위안과 희망을 발견했다. 매일 아침, 카카오스토리에 글을 공유하는 것으로 하루를 시작했다.

거의 100일간 이어진 이 일상적인 의식은 놀라운 진실을 드러냈다. 고통을 글로 옮기는 행위 자체가 고통의 무게를 덜어준 것이다. 서서히 절망과 불안의 압박감이 사라졌고, 그 자리에 새로운 희망과 삶에 대한 신선한 관점이 싹트기 시작했다.

글쓰기와 함께, 삶의 본질을 묻는 인문서들을 곁에 두고 읽었다. '어떻게 살아야 하는가?', '어떻게 죽어야 하는가?' 라는 질문은 깊고 두려웠지만, 그 답을 찾아가는 과정에서 뜻밖의 자신감을 얻었다. 돌아보면, 그 시기에 겪었던 시련과 고통은 오히려 내 삶에 새로운 방향을 제시해준 축복이었다. 그것은 단순히 위기가 아니었다. 퇴직 후의 삶을 미리 준비하고, 지금의 내가 홀로 설 수 있도록 성장할 기회를 준 값진 시간이었다. 더 좋은 삶, 가치 있는 삶을 만들어가기 위한 여정이었다.

퇴직 후 나는 약 1년의 준비 과정(컨설팅 기관 프리랜서 6개월, 재취업 6개월)을 거쳐 안전 컨설팅 회사를 설립했다. 회사는 빠르게 자리를 잡았고, 퇴직 후 2년 반이 지난 현재 현직에 있을 때와는 비교할 수 없을 정도로 제2의 인생을 만족스럽게 보내고 있다.

퇴직하자마자 시작한 블로그(울산안전, 누적 방문자 수 8만 명)에 지금도 매일 아침 안전 콘텐츠를 포스팅하고 있다. 2023년부터 지역 언론에 안전 칼럼(경상일보, 경상시론)도 매월 기고하고 있다. 지역 대한건설협회와 회원사(200위 이하 중소 건설사 대상)를 대상으로 중처법 체계구축을 지원하고 있다. 건설 현장을 대상으로 위험성 평가 컨설팅 업무도 상시 지원하고 있다. 중소 건설사를 도와 사망사고 예방에 기여하고 있다는 데 보람을 느낀다. 충분히 가치 있는 일이라 생각한다.

퇴직 10년 전에 위기를 겪지 않았다면 이 모든 것이 불가능했을지도 모른다. 그 어려운 시기는 나를 일깨워주고 삶을 새롭게 그려낼 용기를 주었다.

이 책은 40대, 50대 그리고 60대 여러분께 보내는 작은 응원이다. 중년에 마주하는 불확실성과 불안은 끝이 아니라 새로운 시작이며, 진정으로 중요한 것을 발견할 기회이다. 내 이야기가 여러분께 작은 힘이 되고 영감을 주기 바란다.

혹시 예기치 못했던 시련이나 고통으로 불안한 시기를 보내고 있다면 절망하지 마시라. 가장 어두운 순간에도 희망의 씨앗은 뿌려진다. 우리는 그것을 볼 수 있는 눈과 마음만 있으면 된다. 우리의 질문과 작은 용기들이 결국 우리를 더 밝은 미래로 이끌 것이라고 믿는다. 행복은 밖이 아니라 내 안에서부터 온다는 사실을 잊지 않았으면 좋겠다. 오늘 하루, 바로 지금, 삶을 대하는 태도에 따라 삶의 또 다른 장이 열린다는 사실을 기억하셨으면 한다.

정안태 씀

이 책은 '행복'을 주제로 삼는다. 그냥 행복이 아니라 우여곡절과 천신만고의 인생 전반을 살아내고 맞은 위기로 인해 불안에 떠는 50~60대의 행복을 다룬다. '어떻게 위기를 극복하고 인생 2막을 성공적으로 열어 행복하게 살 것인가' 하는 질문에 대한 답을 담았다. 이 답에는 지은이의 지난 십수 년 경험과 통찰이 고스란히 녹아 있다.

먼저 구성을 보면, "행복은 내 안에서 온다"는 메시지로 시작하는 이 책은 인생 2막의 위기 앞에서 서성이는 50~60대에게 보내는 행복론 강의를 표방하여 구성했다.

먼저 1장에서는 '행복을 부르는 마음'을 알려준다. 행복은 저 멀리 밖에서 오는 게 아니라 안에서 자기 마음이 불러낸다는 것이다. 어떤 마음이 행복을 부르는 마음인지 지은이의 경험을 통해 알려 준다.

01에서는 과거는 이미 지나갔고 내일은 알 수 없으니, '**삶은 지금 여기에**' 있음을 알린다.

02는 '**스트레스 경영하기**' 로, 스트레스는 거부할 수도 무작정 받아들일 수도 없으므로 경영해야 한다는 참신한 방법을 제시한다. 스트레스를 경영하는 가장 중요한 전제는 "나를 내려놓음으로써 화를 내려놓아야 한다" 는 것이다.

03에서는 '**긍정의 힘**' 을 얘기한다. 요지는 "생각이 긍정적이면 몸도 건강해진다" 는 것이다. 몸이 건강하지 못하면 제아무리 큰 권력이나 명예나 부를 가진들 행복할 수 없음을 말한다.

04에서는 '**평생 현역으로 사는 법**' 을 알려준다. 나이 든다고 해서 다 늙는 건 아니며, 현역으로 자기 일을 하는 한 늙은 게 아니라는 격려와 위로다.

그리고 1장 마지막 05에서는 **'행복은 어디서 오는지'** 를 알아보는데, 행복은 어디 다른 데서 새로 오는 게 아니라 이미 있는 것들 가운데 자신의 선택이 바로 행복임을 말한다.

이어 2장에서는 **'관계로부터 배우는 행복'** 에 대해 알아본다. 나이 들수록 친구가 적어진다는데, 01에서는 그 친구의 소중함을 말한다. 친구는 '제2의 나' 로, 친구가 있는 사람이 친구가 없는 사람보다 왜 더 오래 사는지를 얘기한다.

02에서는 **'나누는 삶의 힘'** 이 얼마나 강한지, 사랑은 왜 나눈 만큼 더 커지는지 사례를 들어 설파한다.

03에는 **'봉사하는 기쁨'** 에 관해 배우는데, 타인의 행복을 돕는 게 왜 나의 행복인지 알아본다.

이어 04에서는 **'아이와 소통하는 법'** 을 수업 주제로, 왜 자존감을 키워주는 게 진정 아이를 살리는 길인지를 말한다.

앞의 1, 2장에서 **행복이란 무엇이고 어디서 오는지** 말했다면, 3장은 **행복이 어떻게 오는지**를 말한다. 특히 인생 후반에는 열정이야 말로 행복을 부르는 전령임을 전한다.

3장 01에서는 열정을 불사를 나만의 재능 발견 노하우를 전하면 서 '**재능은 신이 내린 인생 배역**'임을 상기시킨다.

3장 02에서는 '**즐겁게 일하는 법**'을 알리면서 '**과정에 집중하면 일도 즐거워진다**'는 사실을 확인한다.

3장 03에서는 '**진정으로 성공하는 길**'은 용기임을 상기시킨다. '**실패할 용기가 없다면 성공할 기회도 없다**'는 것이다.

3장 04에서는 '**인생의 후반전 준비하기**' 수업으로, 중요한 건 나 이가 아니라 태도임을 강조한다. 자기 인생을 대하는 태도가 훌륭 하다면 인생 후반도 빛나리라고 격려한다.

3장 05에서는 '**열정**'을 강의한다. 인생 2막은 열정으로 피워내는 것이라며, '**열정이 식으면 삶도 멈춘다**'고 돌아본다.

4장 '**자연과 함께하는 삶**'에서는 행복의 원천을 자연으로 확대한다.

4장 01에서는 '**자연이 주는 치유의 힘**'을 알아보고, 인간은 자연 속에서 비로소 건강해진다는 사실을 체험을 통해 설명한다.

4장 02에서는 '**인간은 물의 존재**'임을 상기시키고 물이 어떻게 우리의 마음을 읽는지 과학적 근거를 들어 설명한다.

4장 03에서는 '**우리가 모르는 자연의 신비**'를 제시하고 인간이 사는 길은 자연과의 공존임을 깨우친다.

5장는 '**행복은 결국 나로부터 시작된다**'는 메시지를 전하는데, 1~4장의 결론이자 보충이다.

5장 01에서는 '**사소한 습관의 힘**'이 얼마나 힘이 센지를 알려준다. 사소한 것에 목숨 걸지 말라는 책도 있지만, 사소한 것의 위대함을 모르고 하는 소리다. 제아무리 큰 변화도 사소한 데서 시작된다.

5장 02에서는 '**감사하는 삶이야말로 즐거운 인생을 사는 비결**'임을 알린다. 감사를 모르면 즐거움도 모른다.

5장 03에서는 '**내면의 공허함을 채우는 법**'을 알려주는데, 무엇보다 삶의 본질에 충실할 것을 권한다. 무엇이든 본질에 충실하면 충만하여 공허함이 끼어들 자리가 없다.

끝으로 맺는다.

"**지금, 당신도 행복할 수 있다.**"

=== 1장 ===

행복을 부르는 마음

행복은 결코 거창하거나 멀리 있는 것이 아니다. 바로 지금, 내 곁에 있는 사람에게 작은 선행과 사랑을 전하는 데서 시작된다. 그것이 우리 모두 실천할 수 있는 가장 소중한 일이자, 가장 의미 있는 순간일 것이다. 오늘, 곁에 있는 사람을 바라보며 진심 어린 한마디를 전해보자. 그 작은 온기가 여러분의 삶에 얼마나 큰 행복을 가져다줄지, 분명히 느낄 수 있을 것이다.

행복을 부르는 마음

01

삶은 지금 여기에
: 과거는 이미 지나갔고 내일은 알 수 없다

깊은 생각이 그려내는 삶의 그림

우리는 살아가면서 무수히 많은 단어와 생각의 파편을 마음속에 담는다. **심리학자 워렌에 따르면, 평범한 사람은 1분에 1,300개 정도의 단어를 떠올린다.** 그러나 이 중 대부분은 수면 위를 스쳐 지나가는 파편적 사고에 불과해, 우리의 삶에 선명한 흔적을 남기지 못한다. 머릿속 잡음을 잠재우고 진정으로 의미 있는 결과를 얻으려면, 깊은 사고를 통해 선명한 이미지를 그려내는 과정이 필수다.

어릴 적 읽은 소설의 한 장면이 아직도 생생하다. 좁은 골목길과 빗물에 젖은 돌담, 그리고 그곳을 지나가는 주인공의 발소리까지 글이 만들어낸 장면이 온전히 떠오른다. 눈은 활자를 따라가지만,

머릿속은 이미 그 장면으로 가득 채워져 무한히 확장되고 선명하다. 이것이 '이미지'가 지닌 힘이다.

이미지는 단순한 상상의 산물이 아니라 깊은 몰입과 사고의 결실이다. 생각이 깊어질수록 마음속 잡음은 줄어들고, 머리는 맑아지며, 거기서부터 진정으로 그리고 싶은 삶의 그림이 펼쳐진다. 이미지는 우리가 원하는 걸 분명히 파악하게 하고, 실현하게 하는 힘을 준다.

예를 들어, 직장에서 문제를 해결하려 할 때 단순히 해결책만 떠올리는 게 아니라 그 해결책이 적용된 이후의 모습을 구체적으로 상상해본다. 문제가 해결된 뒤 자신감 넘치는 표정, 동료들과 함께 웃고 있는 모습, 그리고 삶에 불어온 변화의 파동까지 눈에 그리듯 떠올리는 것이다. 이런 이미지는 목표에 대한 동기 부여를 높일 뿐 아니라 노력의 과정을 더욱 즐겁게 만든다.

'지금 여기에의 몰입'은 단순한 집중 행위를 넘어, 찰나의 시간에서 진정한 의미를 발견하고 그 이미지를 온몸으로 느끼는 것이다. 우리는 과거의 후회나 미래의 걱정에 사로잡혀 유일한 내 삶인 현재를 놓치고 만다. 지금 여기를 소중히 여기는 마음이야말로 행복해지는 비결이다.

이미지를 통한 몰입은 단순히 상상에 그치지 않고, 우리의 행동과 연결될 때 비로소 삶에 변화를 일으킨다. 예를 들어, 멋진 하루를 보내고 싶다면 아침에 하루가 끝난 나의 모습을 떠올려본다. 하루를 정리하며 만족감에 미소 짓는 모습이다. 이 이미지는 스스로 자기를 몰아붙이는 대신 동기를 부여하고, 하루 동안 정말 중요한 일에 집중하도록 돕는다.

인생은 짧다. 그리고 우리가 살아가는 매 시간은 삶을 이루는 소중한 조각이다. 지금 여기에 몰입하고, 마음속에 선명한 이미지를 그려보자. 그 이미지들이 하나하나 모여 삶이라는 웅장한 작품을 완성하게 될 것이다. 좋은 삶은 멀리 있지 않다. 바로 지금 여기, 깊은 생각 속에서 선명하게 그려진 그림 안에 있다.

지금, 옆에 있는 사람 그리고 작은 선행

인생에서 중요한 건 뭘까?

톨스토이의 《세 가지 질문》에서 왕은 현자를 찾아가 인생에서 가장 중요한 것 세 가지를 묻자 현자가 답한다.

"가장 중요한 때는 언제인가?"

"바로 지금이다."

"가장 중요한 사람은 누구인가?"

"바로 지금 만나는 사람이다."

"가장 중요한 일은 무엇인가?"

"그들에게 선행을 베푸는 것이다."

이 단순한 가르침은 현재와 주변 사람들이야말로 우리 삶의 중심이라는 사실을 다시금 일깨운다. 그러나 우리는 자주 이러한 명료한 진리를 잊고, 이미 지나간 과거를 후회하거나 아직 오지 않은 미래를 걱정하며 소중한 현재를 흘려보낸다. 그러다 뒤늦게야 모든 시간이 얼마나 소중했는지 깨닫는다.

톨스토이의 삶은 화려했지만 평탄하지만은 않았다. 세계적인 작가였음에도 불구하고, 가정에서는 아내와의 가치관 차이와 잦은 갈등으로 인해 진정한 평화를 얻지 못했다. 급기야 집을 떠난 그는 "아내가 내 무덤에 오지 못하게 하라"는 유언을 남길 정도로 깊은 상처를 드러냈다.

톨스토이의 《사람은 무엇으로 사는가》는 인간의 본질과 삶의 의미를 탐구한다. 가난한 구두장이 미하일이 신의 질문에 답을 찾기 위해 겪는 여정을 그린다. 미하일은 죽음 직전의 천사를 만나 질문을 받는다.

"사람은 무엇으로 사는가?"

그는 시련을 겪으며 "사람은 사랑으로 산다"는 진리를 깨닫는다.

이 이야기를 떠올리면, 문득 지금 내 곁에 있는 사람들 얼굴이 떠오른다. 소소한 다툼이나 잔소리 혹은 불필요했던 말로 인해 서로 상처받았을 수도 있다. 그런데도 그들은 여전히 내 곁에 머물며, 때로는 힘이 되고 때로는 함께 웃어주는 존재다.

오늘 우리가 해야 가장 중요한 일은, 바로 그들에게 감사하는 것일지도 모른다. "고마워, 미안해, 사랑해, 당신이 있어서 참 다행이야…" 이런 따듯한 말 한마디가 상대방의 마음을 풍요롭게 채운다.

행복은 결코 거창하거나 멀리 있지 않다. 행복은 바로 지금, 내 곁에 있는 사람에게 작은 선행과 사랑을 전하는 데서 시작된다. 그것이 우리 모두 실천할 수 있는 가장 소중하고 가장 의미 있는 일일 것이다.

오늘, 곁에 있는 사람을 바라보며 진심 어린 한마디를 전해보자. 그 작은 온기가 여러분의 삶에 얼마나 큰 행복을 가져다줄지, 분명히 느낄 수 있을 것이다.

진정한 행복이란 무엇일까?

우리는 살아가며 '행복'이라는 말을

수도 없이 들어왔지만, 막상 '행복이 무엇이냐' 고 물으면 대답하기가 쉽지 않다. 행복은 그저 좋은 일이 있으면 잠시 갖는 느낌일까? 아니면 늘 찾아 헤매지만 잡을 수 없는 무지개일까?

인류 수천 년의 역사 시대를 지내오는 동안 사람들이 내린 결론에 따르면 "행복은 저 멀리 있지 않다. 바로 지금 여기에 있다." 그래서 '오늘' 을 '선물' 이라고 하는지도 모른다.

인간은 참으로 묘한 존재다. 이미 지나간 일을 후회하거나 오지도 않은 미래를 걱정하느라, 정작 소중한 현재를 놓쳐버리기 일쑤다. 법정 스님도 지금 여기에 열중하라고 충고한다.

"모든 순간은 생애 단 한 번의 시간이며, 모든 만남은 생애 단 한 번의 인연이다."

예수님도 묻는다.

"걱정한다고 너희 인생에 단 하루라도 더할 수 있겠느냐?"

근심은 우리의 시간을 빼앗고 마음을 무겁게 할 뿐, 실질적인 도움을 주지 못한다. 두려움과 근심을 내려놓고, 지금 내가 있는 자리에서 내가 맡은 일을 해내는 태도야말로 우리에게 필요하다.

긍정심리학에 따르면, 행복의 핵심은 '몰입' 에 있다. 좋아하는 일을 하다 보면 시간 가는 줄 모르는 때가 있다. 그 때 우리는 오직 지금 여기에 온전히 집중하며 살아간다. 바로 이것이 행복의 정수로, 지금 여기에 자신을 완전히 채우는 일이라고 할 수 있다.

티베트에 이런 속담이 있다.

"내일이 먼저 올지, 내생이 먼저 올지 모른다."

오늘이 얼마나 소중한지 일깨우는 말이다.

오늘이 자신의 마지막 날이라면 누군들 오늘을 헛되이 보낼까?

어제의 비로
오늘의 옷을 적시지 말고,
내일의 비를 위해
오늘의 우산을 펴지도 말아라.

- 김대규 -

02

스트레스 경영하기
: 화를 내려놓는 일은 나를 내려놓는 일이다

스트레스를 다루는 지혜

스트레스를 피할 수 없다는 사실은 누구나 익히 안다. 그러나 이 불청객이 우리를 찾아올 때마다 어떻게 대응해야 할지 몰라 자주 당황한다. 스트레스는 '밀어내기'도 어렵고, '반갑게 맞이하기'는 더욱 어려운 일이어서 '경영하기'로 대해야 한다는 말이 귀에 들어온다. 스트레스를 아예 삶의 활력과 정신작용의 고취로 활용하자는 얘기다.

우리나라 직장인 10명 중 2~3명은 만성피로나 우울증 혹은 분노와 같은 스트레스성 질환을 겪는다. 실적이나 평판에 대한 불안감이나 과중한 업무가 주요 원인으로 꼽힌다.

스트레스를 경영한다는 것은, 그저 스트레스를 없애는 것이 아니라 현명하게 다루면서 삶의 균형을 찾는 과정을 말한다. 우리 몸은 스트레스에 **'경보 → 저항 → 소진'**이라는 세 단계로 반응한다. 초기에 경계를 갖추고(경보), 스트레스와 맞서 싸우다가(저항), 마지막에는 몸과 마음의 에너지가 고갈되는(소진) 상황에 이르는데, 이때 심각한 질병이나 심리적 위기에 직면할 수 있다.

그렇다면 스트레스를 어떻게 다루는 것이 현명할까?

—첫째, 우선순위를 다시 세운다.

스트레스가 과도하다고 느껴질 때는 갑작스러운 일은 잠시 뒤로 미루고, 계획된 업무부터 차근차근 처리한다. 뇌도 휴식이 필요하다.

—둘째, **규칙적인 생활 리듬을 유지한다.**

운동과 균형 잡힌 식단은 단지 몸만을 위한 것이 아니라, 스트레스에 맞설 수 있도록 준비하는 가장 기본적인 방법이다. 매일 아침 가벼운 운동을 하고, 식사 시간을 일정하게 지키면 그것만으로도 몸과 마음이 한결 편안하다.

—셋째, **몸이 건강해야 스트레스도 이길 수 있다.**

스트레스 없는 삶이 가장 이상적이겠지만, 어디 그런 삶이 있겠는가. 스트레스를 적당히 다스리고 바쁜 일상 가운데서도 작은 여유를 찾다보면, 어느새 건강과 행복이 한 걸음 더 가까워질 것이다.

이렇게 보면 스트레스를 다스리는 데도 경영 기술이 필요하다. 매일 우리의 일상을 스스로 지키고, 삶의 중심을 잃지 않도록 연습하는 과정인 셈이다. 100세 시대를 맞아 오늘부터 나의 몸과 마음을 스스로 관리해보는 것은 어떨까?

화의 수명은 90초, 나를 내려놓는 연습

장마철 후텁지근한 공기는 우리의 몸뿐 아니라 마음도 무겁게 한다. 이유 없이 짜증이 치밀어 오르고, 작은 계기로 쉽게 화를 내기도 한다. 그런데 왜 우리는 그렇게 쉽게 화를 낼까?

화의 원인은 생각보다 다양하다. 누군가 내 의견을 자꾸 반박할 때, 억울한 상황에 놓였을 때, 혹은 몸이 지치고 무더위에 지쳤을 때도 화는 불쑥 찾아온다. 도로에서 내 앞으로 끼어드는 차, 직장에서 쏟아지는 업무, 가족과 벌인 사소한 언쟁까지… 화는 예고 없이 우리를 찾는다.

흥미로운 사실은, 화가 유지되는 시간이 90초에 불과하다는 점이다. 하버드대학교 연구에 따르면, 우리가 화를 내면 혈액 속으로 스트레스 호르몬이 퍼지지만, 90초 뒤면 자연스럽게 사라진다고 한다. 그런데도 화가 계속되는 이유는, 우리가 스스로 그 감정을 붙들고 있기 때문이다. 그렇다면 어떻게 해야 할까?

─화를 그냥 흘려보낸다.

화는 뜨거운 감정이다. 뜨거운 돌멩이를 집어 남에게 던지려다가 내가 먼저 화상을 입는 것과 같다. 억울한 상황일지라도 그 감정을 곱씹으면 결국 나만 더 상처를 받게 된다.

─심호흡을 하며 90초만 참는다.

천천히 호흡하면서 화를 있는 그대로 바라본다. 억누르지도 외면하지도 말고 '지켜보는 연습'을 한다. 화는 떼쓰는 아이와 같아서 관심을 주지 않으면 금세 가라앉는다.

─화를 다스리면, 나를 더 사랑하게 된다.

우리는 흔히 감정에 휩쓸려 사랑하는 사람에게 상처를 주거나 사소한 일로 다투고는 후회한다. 그러나 그런 일을 통해 오히려 나 자신을 깊이 들여다보고 돌볼 수 있게 된다. 감정을 다스리는 법을 배우는 것은 결국 나 자신과의 관계를 깊고 평화롭게 만드는 과정이기 때문이다.

화를 무심하게 바라보는 연습은 나를 내려놓는 연습이다. 나를 내려놓게 되면 포용하게 되고 관용하게 되어 마음이 훨씬 가벼워지고 편해진다.

나쁜 생각이 병을 일으킨다

삶은 생각하기 나름이다. 우리 몸의 건강도 생각하기 나름이다. 미국 스탠퍼드 의과대학 연구에 따르면, 질병의 약 95%가 스트레스, 즉 나쁜 생각에서 비롯된다. 나머지 5%는 유전이라지만, 이것마저도 스트레스가 방아쇠가 될 수 있다니 놀랍다.

스트레스가 쌓이면 몸은 위기 상황이라 판단해 에너지를 생산하는 미토콘드리아 작동을 줄이고 대비 태세에 들어간다. 이 상태가 오래되면 상대적으로 취약한 부분부터 병이 생긴다. 문제의 뿌리는 우리 생각인 셈이다. 부정적인 생각이 우리를 지배하면 무기력해지고 면역력이 약해져 병에 걸리기 쉽다. 나쁜 생각에는 다음과 같은 것이 있다.

― "나는 부족하니 안 될 거야."

실패를 두려워하면 움츠러들게 되고, 두려움은 도전 자체를 막아 우리는 무기력에 빠진다.

― "왜 저 사람만 잘될까?"

남과의 비교는 질투와 열등감을 키우고 자존감을 떨어뜨린다. 남 탓이나 환경 탓을 하며 스트레스를 쌓게 된다.

― "내가 잘못했나? 그때 그러지 말아야 했는데…"

지난 일을 되짚으며 자책하는 습관은 불안과 후회를 키우고 에너지를 소진한다.

― "앞으로도 더 안 좋아질 거야."

앞일을 비관하는 태도는 스트레스를 유발하고 실제보다 더 큰 문제를 만들어 낸다.

그렇다면 이런 나쁜 생각은 어떻게 다스릴 수 있을까?

― 좋은 생각으로 아침을 연다.

눈을 뜨자마자 품는 생각은 전적으로 자기 선택이다. '오늘도 잘 안 될 것'이라고 불안해하는 대신 '오늘도 고마운 하루가 될 것'이 라고 희망을 품는다. 아침 햇살, 따뜻한 차 한 잔으로 하루가 한결 활기찰 것이다.

―나만의 스트레스 해소법을 찾는다.

스트레스를 푸는 좋은 방법은 저마다 다르다. 산책이 좋을 수도 있고, 좋아하는 음악을 듣는 게 더 효과적일 수도 있다. 어떤 방법이든 자신에게 맞는 해소법을 꾸준히 실천하는 것이 중요하다.

―소중한 사람들과 대화를 나눈다.

누군가에게 마음을 털어놓는 것은 무거운 짐을 함께 나누는 것이다. 가족, 친구 혹은 반려동물과 나누는 교감은 우리 마음에 활기를 불어넣는다. 가까운 사람과 작은 웃음을 나누는 것만으로도 큰 도움이 된다.

인생을 살아가며 스트레스를 완벽히 피할 수는 없겠지만, 그것을 잘 다스려 나쁜 생각을 좋은 생각으로 바꾸는 것은 전적으로 자기 몫이다.

자신을 괴롭히는 것에
집중하는 대신
자신을 성장시키는 것에
집중하라.

- 웨인 다이어 -

긍정의 힘
: 생각이 긍정적이면 몸도 건강해진다

플라시보, 마음이 만드는 기적

플라시보 효과는 실제 효능이 없는 가짜 약을 진짜 약이라고 속이고 복용하게 했을 때 병세가 호전되는 현상을 일컫는다. 몸이 회복되는 핵심 원리는 약의 성분이 아니라 '이 약을 먹으면 나을 것' 이라는 믿음에 있다. 이는 단순히 기분 탓이 아니라, 뇌와 신체 사이의 복잡한 생리적 메커니즘에 실제로 몸이 반응하기 때문이다.

플라시보 효과의 과학적 근거

플라시보 효과는 결코 신기루가 아니다. 현대 의학에서도 이 현상을 과학적으로 설명하고자 많은 연구가 이뤄지고 있다. 예를 들어, 가짜 약을 먹은 환자의 뇌에서 실제 약을 먹었을 때와 유사한 화학 반응이 일어나 도파민이나 엔돌핀 같은 신경전달물질이 활성화되면서 통증을 완화하거나 기분을 좋게 만들기도 한다.

하버드대학교에서 실시한 한 실험에서는 두 그룹 모두에게 가짜 약을 주면서, 한 그룹에만 "이 약은 매우 효과적"이라고 알렸다. 결과는 놀라웠다. 약효를 기대한 그룹에서 훨씬 높은 호전율이 나타난 것이다. 단지 믿기만 했는데 몸에 변화가 나타난 사례다.

나아가 플라시보 효과는 약물에 국한되지 않는다. 가짜 침 치료를 받은 환자들이 실제 침을 맞은 환자들과 비슷한 통증 완화 효과를 경험했다는 보고도 있고, 심지어 특정 활동을 "운동처럼 효과가 있을 것"이라고 믿게 했을 때, 실제 체중 감소와 혈압 저하 같은 변화를 보인 연구 결과도 있다.

긍정의 힘이 몸과 마음을 바꾼다

아플 때 긍정적인 태도를 유지하는 것이 몸의 회복을 촉진한다면, 아프지 않을 때의 긍정적인 태도는 훨씬 더 큰 효과를 낼 수 있지 않을까? 암 환자를 대상으로 한 연구에서도 긍정적인 태도를 지닌 이들이 부정적인 태도를 지닌 환자들보다 회복 속도가 빠른 경향이 있음을 확인할 수 있다. 우리 몸은 단순한 기계가 아니라, 생각과 감정에 민감히 반응하는 신비로운 시스템이다.

우리 몸의 세포는 우리가 믿는 방향으로 움직인다. "모든 일은 마음먹기에 달렸다"는 옛사람의 지혜가 단순히 격언에 그치지 않고 과학적 진실일 수도 있다.

생각을 바꾸면 뱃살이 빠진다

요즘 많은 사람이 뱃살과 전쟁을 치른다. 나 역시 예외가 아니다. 뱃살은 워낙 고집이 세서 쉽게 빠지지 않는다. 보통 40대에 접어들면 기초대사량이 떨어지면서 열량의 섭취와 소비 간에 불균형이 생긴다. 이를 '중년 체중 증가'라고 하지만, 놓치기 쉬운 중요한 사실이 하나 있다. 뱃살은 신체적 요인뿐 아니라 심리적 요인과도 밀접하게 연결되어 있다는 점이다.

하버드대학교 심리학 교수는 호텔 청소부 84명을 대상으로 재미있는 실험을 진행했다. 이들 중 대다수는 과체중이고, 뱃살과 고혈압 문제로 고생한다. 교수는 이 가운데 절반인 42명을 따로 불러 청소 활동이 얼마나 큰 운동 효과가 있는지 자세히 설명했다.

"여러분이 날마다 하는 청소는 엄청난 운동입니다. 15분 동안 시트를 갈면 약 40cal를 소모하고, 15분간 진공청소기를 돌리면

50cal, 욕조를 닦으면 60cal를 태웁니다. 사실 여러분은 이미 충분한 운동을 하고 있는 셈입니다."

이 설명에 청소부들은 깜짝 놀랐다. 한 달 뒤, 교수는 그들의 건강 상태를 다시 살폈다. 놀랍게도, 그렇게 설명을 들은 청소부들은 체중, 허리둘레, 체지방 그리고 혈압이 모두 감소한 데 비해 아무런 설명을 듣지 못한 다른 42명은 변화가 없었다.

어떻게 이런 결과가 나왔을까? 설명을 들은 청소부들은 청소 행위를 고된 노동이 아니라 자신의 몸을 건강하게 만드는 운동으로 인식했다. 몸을 움직일 때마다 열량을 소모하고 있다는 믿음이 실제로 지방을 태우게 한 것이다.

이 실험은 우리의 몸이 물리적인 활동을 넘어 생각에 따라 달라질 수 있다는 사실을 보여준다. 좋은 생각이 건강을 부르고, 결국 행복까지 가져다준다.

우리의 행복은
우리가 만들어가는
마음의 습관에 달려 있다.
마음을 즐겁게 가꾸고
행복 습관을 계발하면
삶은 축제 마당이 될 것이다.

- 노먼 빈센트 필 -

평생 현역으로 사는 법
: 나이 든다고 해서 다 늙는 건 아니다

지속적 성장을 위한 기록의 중요성

퇴직 후 어느덧 3년이 지나 60대 중반으로 접어들었다. 경제활동 연한을 75세 전후로 보면 앞으로 10년쯤 남은 셈이다. 이 기간을 더욱 풍요롭게 보내며 계속 성장하기 위해서는 무엇을 해야 할까? 나는 그 해답을 '기록'에서 찾았다.

기록은 삶의 작은 조각들을 엮어 큰 그림을 완성하는 도구다. 존 맥스웰은 《리더의 조건》에서 약 95%의 사람은 자신의 인생 목표를 글로 적어본 적이 없으며, 그중 글로 기록해본 5%의 사람들 중 95%가 실제로 목표를 성취했음을 지적한다.

퇴직 후 창업이라는 새로운 도전을 시작하며, 기록이 단순히 과거를 보존하는 행위가 아니라 미래를 설계하는 과정이라는 사실을 절감했다. 창업 초기에는 매일 새로운 과제와 문제가 쏟아졌는데, 기록을 통해 일정과 목표를 명확히 정리할 수 있었다. 기록은 내 방향성을 확인하고 실천으로 옮기는 데 효과적이었다.

기록은 여러 면에서 삶을 풍요롭게 한다. 우선 목표를 구체화하고, 이를 단계적으로 추적할 수 있는 발판을 마련해준다. 또 감정과 경험, 행동 패턴을 돌아볼 수 있어 자기 이해를 깊게 한다. 기록해둔 내용을 통해 진척 상황을 확인하고 목표를 달성했을 때 얻는 성취감을 맛보며 새로운 도전에 나설 동기를 얻는다.

기록은 기억력의 한계를 보완해준다. 시간이 지나면 기억은 희미해지거나 왜곡되거나 사라진다. 기록은 이런 기억력의 한계를 완벽하게 보완한다. 무엇보다 기록을 통해 나의 습관이나 행동 패턴을 발견하고 개선책을 마련할 수 있다.

벤저민 프랭클린은 매일 13가지 덕목에 따라 행동했는지 기록함으로써 자기계발을 꾸준히 실천했다. 헤밍웨이는 하루에 쓴 단어 수를 매일 기록하며 글쓰기를 이어갔고, 운동선수나 기업가들도 기록을 통해 성과를 극대화하고 의사결정을 향상했다.

기록을 실천할 때는 몇 가지 원칙이 중요하다. 우선 기록의 목적과 범위를 설정해야 한다. 예컨대 하루 일정, 감정이나 학습 내용,

운동량과 업무 성과 등을 기록 대상으로 정할 수 있다. 또 정해진 시간에 기록하는 습관을 들이면 더 효과적이다.

예를 들어 아침에는 하루 목표를 설정하고, 저녁에는 그날을 돌아보며 성찰하는 식이다. 디지털 도구를 쓰든 아날로그 방식으로 노트를 쓰든, 자신에게 편한 방식을 찾는다.

하루 계획을 미리 세우고 저녁에는 하루 전체를 돌아보며 기록하는 습관은 특히 유용하다. 주 단위로 기록을 검토해 필요하면 계획을 수정하고, 월 단위로는 기록을 분석해 다음 달 목표를 세우는 식으로 주기적으로 점검하면 동기부여를 극대화할 수 있다. 기록한 내용을 재검토하며 성취 요인과 개선점을 파악하는 것도 빼놓을 수 없는 과정이다.

기록은 정보를 남기는 데서 나아가 그 자체가 강력한 자기계발의 도구다. 기록을 통해 목표를 더욱 명확히 하고, 성공 경험을 쌓으면서 삶의 방향성을 재점검하다보면 결국 삶의 질이 높아진다. 기록이 가져다주는 변화를 직접 체험함으로써 일상의 사소한 기록이 삶을 어떻게 변화시키는지 확인한다.

인생 2막은 노트북과 함께 고고!

정년퇴직은 새로운 시작을 알리는 전환점이다. 은퇴 후 제2의 인생을 열기 위해서는 적절한 도구와 준비가 필요한데, 이 중에서도 노트북(랩탑)은 단순한 기기를 넘어 축적된 경험과 지식을 활용해 새로운 기회를 창출하는 핵심 자산이다.

노트북은 단순히 문서를 작성하거나 인터넷을 사용하는 도구에 그치지 않는다. 일과 학습, 소통 등 다양한 목적에 필요한 **다목적 장치**이다. 정년 후 새로운 직업이나 자기계발을 계획한다면 노트북은 더욱 필수적이다. 1960년대생 퇴직자들은 이전 세대보다 IT 기술에 대한 이해도가 높은 편이다. 나 역시 정년 5년 전 노트북을 통해 업무와 일상에서 큰 변화를 경험했는데, 노트북이 없었다면 강의와 컨설팅, 블로그 활동 등 지금 누리는 인생 2막의 활기는 여의치 않았을 것이다.

노트북의 다양한 쓸모

다목적 도구 : 어디서나 인터넷만 연결되면 강의 자료 제작, 보고서 작성, 온라인 강좌 수강 등의 업무나 학습을 이어갈 수 있다.

경험과 지식의 디지털화 : 정년퇴직 후 쌓인 전문성과 경험을 디지털 콘텐츠로 만들면 더 많은 사람에게 전달할 수 있다. 강의 자료

나 블로그 글, 영상 콘텐츠를 제작해 지식을 체계적으로 관리하고 확장하는 데 도움이 된다.

새로운 기회 창출 : 정보 소비에 그치지 않고, 콘텐츠 생산과 서비스 제공을 통해 다양한 기회를 만들 수 있다. 예를 들어 온라인 강의나 컨설팅을 통해 수익을 창출하거나 재취업의 가능성을 높일 수도 있다.

노트북의 실전 활용

안전 강의 : 노트북으로 프레젠테이션 자료를 만들고 Zoom, MS Teams 등을 사용해 비대면 강의를 진행할 수 있다.

안전 컨설팅 : 컨설팅 보고서 작성, 데이터 분석, 실시간 고객 소통 등 다양한 업무에 활용할 수 있다.

블로그 활동 : 전문 지식과 경험을 텍스트, 이미지, 동영상 등으로 정리해 게시함으로써 개인 브랜딩과 신뢰 구축에 활용할 수 있다.

창업 지원 : 사업 계획서 작성, 디지털 마케팅, 고객 관리 시스템 구축 등 체계적인 창업 진행을 돕는다.

노트북 활용을 위한 실무 팁

소프트웨어 적극 활용 : 문서는 MS Word 또는 Google Docs, 발표 자료는 PowerPoint 또는 Google Slides, 데이터 분석은 Excel이나 Google Sheets, 디자인은 Canva나 Adobe Express 같은 툴을 사용할 수 있다.

온라인 플랫폼 적극 활용 : 강의 플랫폼(유데미, 코세라, 클래스101), 컨설팅 플랫폼(링크드인, 전문 컨설팅 사이트), 블로그(네이버, 티스토리, 워드프레스)와 SNS(Facebook, Instagram, YouTube) 등을 통해 영향력을 확장한다.

지속적 학습 : 온라인 강좌로 기술·마케팅·창업 등 다양한 지식을 익히고 세미나, 포럼 등에 참여해 네트워크를 넓힌다.

고객 관리 및 마케팅 : CRM 소프트웨어를 활용해 고객 데이터를 효율적으로 관리하고, Google Ads나 Facebook Ads 등으로 디지털 마케팅을 펼칠 수 있다.

업무 효율화 : Trello, Asana 같은 프로젝트 관리 도구로 작업을 체계화하고, Google Drive, Dropbox를 통해 자료를 공유·백업할 수 있다.

이처럼 노트북은 정년 이후 새로운 가능성을 열어주는 강력한 도구다. 강의·컨설팅·블로그·창업 등 다양한 분야에서 디지털 기술과 자기계발을 접목한다면, 정년 이후에도 제2의 인생을 무한히 확장할 수 있다. 작은 시작이라도 노트북의 활용이 인생 2막의 성공적인 출발점이 될 것이다.

평생 현역, 새롭게 도전하는 삶

평생 현역은 경제활동을 계속한다는 의미를 넘어, 인생 전반에 걸쳐 끊임없이 성장하고 사회에 기여하며 살아간다는 의미를 담는다. 평균 수명이 이미 80세를 넘어선 대한민국에서 퇴직은 더 이상 삶의 끝이 아닌 제2의 도약기로 재정의된다.

퇴직 이후의 새로운 출발

퇴직은 한 직장에서의 역할이 종료되는 것을 뜻하지만, 인생 자체가 마무리되는 것은 아니다. 오히려 또 다른 출발선이며, 자기만의 길을 개척할 기회다.

"퇴직은 있어도 은퇴는 없다."

현대 사회에서는 퇴직 후에도 적극적으로 삶을 설계하고 도전하는 태도가 중요하다.

평생 현역이 중요한 이유는 단순히 경제적 측면에만 국한되지 않는다. 삶의 의미를 찾고 사회에 기여하는 과정은 신체적·정신적 건강과 행복을 도모하는 핵심 요소다. 나 역시 정년 이후 창업을 통해 매일 최선을 다해 살아가며, 직장 생활을 할 때와는 비할 바 없이 성취감과 자유를 누리고 있다.

평생 현역을 위한 준비와 실천

문제는 퇴직 후 여전히 방황하는 사람이 많다는 점이다. 준비 없는 퇴직에는 경제적·심리적 어려움이 따르기 마련이다. 그래서 젊은 시절부터 자기 전문성을 키우고 퇴직 후에도 계속 성장할 수 있도록 대비하는 자세가 필수다.

자기계발 : 세상은 빠르게 변화하며, 과거의 지식만으로는 더 이상 경쟁력을 유지하기 어렵다. 온라인 강의 플랫폼이나 지역 커뮤니티 등을 통해 새로운 기술과 지식을 익히고, 이를 기존 전문성과 결합해야 한다.

건강 관리 : 평생 현역의 기본은 신체 건강이다. 매일 꾸준히 운동을 해서 오래 일할 수 있는 체력을 길러야 한다. 독서, 명상, 요가, 가족과 함께하는 시간 등을 통해 정신적 건강도 관리하는 것이 좋다.

디지털 기술 습득 : 블로그나 유튜브 같은 플랫폼을 통해 자신의

전문성을 발휘하고 네트워크를 확장할 수 있다. 나도 정년 이후 안전 관련 정보를 블로그에 꾸준히 올리며 의미 있는 활동을 이어가고 있다.

창업 : 가장 적극적인 평생 현역 실천 방법은 창업이다. 과거의 경력과 경험을 활용해 새로운 사업을 시작하거나, 소규모로 위험을 줄이며 시도할 수도 있다. 나는 직장에서 쌓은 지식을 토대로 안전 컨설팅 사업을 운영해 경제적 안정과 성취감을 동시에 얻고 있다.

사회적 기여와 평생 현역의 완성

평생 현역을 위해서는 네트워킹도 필수다. 동료·후배·고객과 계속 교류하고, 지역 커뮤니티나 관련 협회, 포럼 등에 참여해 활동 범위를 넓히며 자신의 가치를 알릴 필요가 있다.

또 봉사 활동이나 멘토링 등을 통해 자신의 경험과 지식을 나누는 사회적 기여는 평생 현역의 또 다른 축이다. 이는 개인의 만족을 얻는 것은 물론 사회적 책임을 실천하는 길이기도 하다.

결국, 평생 현역은 경제적 안정을 넘어 건강과 자아 실현을 동시에 추구하는 이상적인 삶의 방식이다. 고령화가 가속화되는 지금, 퇴직 후에도 생산적이고 의미 있는 삶을 이어가는 것은 개인은 물론 사회에도 긍정적인 영향을 준다. 우리 모두 각자의 자리에서 노력을 더한다면, 평생 현역의 훌륭한 모범 사례를 만들어갈 수 있으리라 믿는다.

퇴직 후의 여정, 현재를 돌아보며 그리는 미래

33년간 안전보건공단에서 쌓은 경력은 내 삶의 든든한 토대가 되었다. 그러나 정년퇴직이라는 큰 전환점을 맞이하며 "퇴직 이후의 삶을 어떻게 채워나갈 것인가?"라는 질문에 답을 찾지 않을 수 없었다. 지난 2년 6개월은 이 물음에 대한 해답을 찾아가는 새로운 도전과 자기 발견의 시간이었다.

퇴직 후에도 계속된 성장과 도전

퇴직 후 1년간의 준비 끝에 안전 컨설팅 회사를 창업했다. 창업 후 1년 6개월 동안 사업을 안정화하는 동시에, 울산 지역 대한건설협회와 협력하여 중대재해처벌법(중처법) 체계를 구축하는 등의 의미 있는 성과를 이뤄냈다. 전문성과 신뢰를 바탕으로 다양한 고객사를 확보하여 컨설팅과 강의를 병행해온 날들은 보람과 도전의 연속이었다.

경제적 측면에서도 퇴직 후 겪는 불안을 극복할 수 있었다. 국민

연금에 근로소득과 사업 수익이 더해져 재정적으로 안정되자 삶이 든든해졌다. 이러한 과정에서 가족의 지지와 꾸준한 건강 관리가 큰 역할을 했다. 간단한 아침 운동은 하루도 거르지 않고 꾸준히 실천함으로써 생활에 큰 활력이 되어주었고, 안정적인 가정환경은 일과 삶의 균형을 유지하는 기반이 되었다.

남은 과제들

해결해야 할 문제는 여전히 남아 있다. 컨설팅, 강의, 영업, 보고서 작성 등 다양한 업무를 동시에 진행하다 보니 체력적·정신적 한계를 느낄 때도 있다. 모든 책임을 혼자 져야 한다는 부담이 피로감으로 다가오기도 한다.

사업 확장 역시 고민거리 중 하나다. 현재는 건설업 중심으로 컨설팅을 하고 있는데, 제조업·물류업·공공기관 등으로 확대하기 위한 구체적 전략이 아직은 부족하다. 특정 고객사에 대한 의존도를 줄이고, 더욱 폭넓은 고객층과 연결하는 방안도 중요한 숙제다.

미래를 준비하며 나아갈 방향

앞으로의 목표는 명확하다. 지금까지 이룬 성과를 바탕으로 안정성과 확장성을 동시에 추구할 작정이다. 건설업을 넘어 제조업·물류업·공공기관 등으로 컨설팅 서비스를 확대하고, 스마트 기술과 디지털 안전관리 시스템을 활용한 새로운 접근도 모색하고 있다.

교육 사업도 중요한 성장 동력이 될 것이다. 기존의 강의를 체계화하고 온라인 강의 플랫폼과 e-러닝 콘텐츠를 개발해 더 많은 고객에게 다가가는 기회를 만들고자 한다. 이를 통해 중처법 전담자 양성 교육, 안전보건관리체계 구축 지원 등에서 경쟁력을 한층 높일 수 있을 것으로 기대한다.

개인 역량 강화도 이어갈 것이다. 최신 법규와 안전보건 동향을 학습하며 전문성을 더 공고히 하고, 디지털 툴과 AI 기술을 습득해 컨설팅의 차별화를 꾀하고자 한다. 동시에 블로그와 칼럼 활동을 통해 축적된 지식을 공유하며 개인 브랜드를 한층 강화할 계획이다.

균형 잡힌 삶과 사회적 기여

삶의 균형은 간과할 수 없는 요소다. 지나친 업무 몰입을 피하려 가족과 보내는 시간을 소중히 여기고, 아침 운동과 건강 식단을 꾸준히 유지할 계획이다. 이는 개인의 행복을 지키는 데 그치지 않고, 궁극적으로 사회에 기여할 수 있는 안정적인 기반을 마련하는 길이기도 하다.

또 다른 시작

퇴직은 나에게 새로운 출발점이었다. 이미 쌓아둔 경험과 모아둔 재정 기반 위에서, 더 큰 의미를 발견하기 위한 도전을 이어가고 있다. 사업 확장, 개인의 성장, 가족의 행복 그리고 사회 기여라는 네 축이 조화를 이룰 때 비로소 진정으로 가치 있는 삶을 실현할 수 있다.

오늘 하루가
당신의 남은 인생 중
가장 젊은 날이다.

- 에크하르트 톨레 -

행복은 어디서 오는가
: 행복은 선택할 수 있는 권리다

선택에서 시작되는 행복

연구에 따르면, 우리가 느끼는 행복의 약 50%는 유전자에 의해 결정된다고 한다. 일란성 쌍둥이가 다른 환경에서 자랐음에도 행복 수준이 비슷하다는 사실은 유전자의 강력함을 보여주는 사례다. 낙천적 성격이나 외향성과 같은 특성이 유전자와 밀접하게 관련되어 있기 때문이다. 그러나 중요한 점은 나머지 50%가 우리의 선택과 행동 그리고 대인관계에서 비롯된다는 사실이다.

심리학에서는 이를 **긍정심리학** 관점으로 설명한다. 하버드대학교의 한 연구에 따르면 행복의 약 40%가 우리의 일상적 선택과 사고방식에 기인하며 긍정심리학의 창시자 마틴 셀리그만은 유전과 환경이 맞물리는 상황에서 어떤 관점을 선택하느냐가 결정적이라고 강조한다. 특히 감사와 회복탄력성, 몰입(flow) 등은 행복의 나머지 50%를 채우는 핵심 심리 요소로 꼽힌다.

왜 선택이 중요한가

사람들은 흔히 자기 삶이 유전적·환경적 한계에 의해 결정된다고 믿는다. 그러나 심리학자 소냐 류보머스키의 연구에 따르면, 설령 50%가 유전자에 달려 있더라도 10% 정도만이 외부 환경에서 비롯되고, 나머지 40%는 우리의 사고방식과 행동에서 나온다. 예컨대, 똑같은 어려움을 겪어도 낙관적인 태도를 지닌 사람은 그렇지 않은 사람보다 훨씬 빠르게 회복하고 더 오래 행복을 유지한다는 것이다.

또 소득이나 지위 같은 환경적 요인은 생각만큼 행복에 큰 영향을 주지 못한다. 경제학자 리처드 이스털린의 연구에 따르면, **소득이 일정 수준 이상으로 올라간다고 해도 행복감은 그에 비례해 높아지지 않으며 결국, 우리의 행복은 재산이 아니라 삶을 대하는 태도와 선택에서 생긴다.**

심리학이 제안하는 행복 실천법

감사 실천하기 : 매일 감사 일기를 쓰는 사람은 그렇지 않은 사람보다 행복감을 더 크게 느끼고 스트레스를 덜 받는다는 연구 결과가 있다. 이는 뇌가 긍정적인 정보를 더 자주 인식하도록 훈련하기 때문이다.

현재에 몰입하기 : 긍정심리학에서 말하는 몰입(flow)은 행복의 핵심 요소이다. 예술, 운동, 독서 등 온전히 빠져드는 활동을 찾아보자.

의미 있는 관계 맺기 : 인간은 사회적 동물이다. 대인관계를 깊게 유지하는 사람이 더 오래 살고 행복감을 더 크게 느낀다는 연구가 있다. 또 타인을 돕는 이타적 행위가 도파민과 옥시토신 분비를 높여 행복감을 키운다.

유전이 행복의 절반을 좌우한다고 해도 그것은 출발점일 뿐이다. 어떤 태도와 마음을 갖느냐에 나머지 절반의 행복이 달렸다. 나는 오늘 어떤 선택을 할 것인가? 그 선택이 나의 행복을 결정할 것이다.

사랑이 지혜를 키운다

미국의 한 심리학자가 갓 태어난 원숭이를 어미에게서 떼어내어, 어미 없이 자란 새끼들의 두뇌와 행동 변화를 관찰했다. 어미 없이 자란 새끼원숭이들은 겉보기에는 먹고 자라는 데에 문제가 없어 보였지만, 뇌를 촬영한 결과 크기가 크게 줄어들었고 지능도 현저히 떨어졌다. 수컷은 난폭해졌고, 암컷은 새끼를 제대로 돌보지 않는 등 극단적인 변화가 나타났다.

이 실험이 보여주는 핵심은 모성애가 단순한 본능이 아니라 관계 속에서 형성되는 사랑이며, 이 사랑이 두뇌와 삶의 질에 막대한 영향을 미친다는 사실이다.

사랑과 뇌의 관계

애착 이론으로 유명한 존 보울비는 어린 시절 부모와의 안정적 애착이 제대로 형성되지 않으면 정서적·인지적 발달에 부정적인 영향을 준다고 지적한다. 실제로 애착이 잘 형성된 아이들은 자기조절 능력과 문제해결 능력이 뛰어나고, 사회적 관계도 긍정적이다.

신경과학에서는 애정 표현과 스킨십이 옥시토신(사랑 호르몬) 분비를 촉진한다는 사실을 밝혀냈다. 옥시토신은 스트레스를 완화하고 신뢰와 유대감을 강화해, 뇌의 학습·기억 능력에 중요한 역할을 담당한다.

사랑은 단순히 감정적인 만족에 그치지 않고 뇌 구조와 기능에 변화를 일으키며, 나아가 우리의 행동과 삶 전반에 지대한 영향을 끼친다.

사랑이 사람을 성장시키는 이유

톨스토이의 《사람은 무엇으로 사는가》에 보면 "사람은 다른 사람의 사랑으로 산다"고 했다. 우리는 사랑받고 사랑을 줄 때 인간다움을 느끼며, 사랑받는 이들 중에 불행한 사람은 거의 없다. 사랑은 우리를 성장시키고 삶을 더욱 풍요롭게 하는 원동력이다.

사랑은 실천할 때 의미가 살고 가장 빛난다. 타인을 이해하고 관심을 기울이며 따뜻한 마음을 나눌 때, 우리 자신도 한층 더 성숙해진다. 사랑은 서로를 키우고, 세상을 밝게 물들이는 마법이다.

오늘의 작은 사랑이 만드는 변화

우리는 모두 서로에게 직·간접적으로 영향을 주고받는다. 사소한 미소와 따뜻한 말 한마디, 작은 배려가 세상을 변화시키며 사랑은 거창한 일이 아니라, 지금 내 주변에서 내가 할 수 있는 작은 행동에서 시작된다.

오늘은 주변 사람들에게 사랑과 배려의 마음을 표현해보자. 상대방도 행복해지고, 나 자신도 새로운 에너지를 얻을 수 있을 것이다.

조상의 지혜는 DNA만큼 강력하다

많은 사람이 '조상으로부터 물려받는 것은 DNA뿐'이라고 여긴다. 그러나 과학은 늘 우리를 놀라게 한다. 1920년대 하버드대학교의 양자물리학 교수는 조상들이 겪었던 집단적 경험이 '영점 공간(zero point field)'에 저장된다는 사실을 밝혔다. 여러 실험에서 세대를 거쳐 내려오는 지혜와 경험이 후손의 삶에 영향을 준다는 것이다.

한 실험에서 새끼 쥐가 미로를 통과하는 데 처음엔 165번의 시행착오가 필요했지만, 다음 세대는 120번, 그다음 세대는 단 20번 만에 성공했다. 별도의 교육 없이 세대가 바뀌었음에도 학습 능력이 향상된 것이다. 이는 시행착오로 얻은 경험이 후손에게 전달될 수 있음을 보여준다.

에피제네틱스(epigenetics) 연구도 이를 뒷받침한다. 네덜란드인의 기근 기간 중 영양실조를 겪은 여성들의 자손이 비만 및 대사질환에 더 취약하다는 사실은, 환경적 경험이 유전자의 발현에 영향을 미칠 수 있음을 의미한다. 에모리대학에서 쥐에게 특정 향(체리꽃)을 공포 자극으로 학습시켰을 때, 후대 쥐들도 이 향에 과민 반응을 보인 실험도 이를 잘 보여준다.

노벨상 수상자의 약 30%가 유대인이라는 사실 역시 흥미롭다. 유대인들은《탈무드》를 통해 세대 간 지혜를 전수하며, 논리적 사고와 깊이 있는 사색 문화를 이어온다. 이는 유전적 요인뿐 아니라 집단적 기억과 문화적 가르침이 후세대의 삶에 긍정적인 영향을 줄수 있음을 시사한다.

한국 전통 문화도 마찬가지다. 예로부터 한국의 어머니들은 독서를 강조하며, 자녀에게 지식과 사고력을 길러주기 위해 노력했다. 이는 단순히 성적을 올리기 위한 것이 아니라, 삶의 지혜를 전수하려는 문화적 습관이었다. 이런 교육열이 한국 사회의 지식 기반 성장에 이바지했다.

그러므로 우리는 자손에게 무엇을 물려줄 것인가를 다시 생각해봐야 한다. 단순히 재산을 남기는 것보다 정신적 나침반을 전수해 그들이 삶의 어려움을 헤쳐나가도록 돕는 일이 더 중요하다. 조상이 남긴 지혜와 경험은 후손의 삶을 한층 풍성하게 하는 힘이 될 수 있다.

과학과 역사는 한 가지 메시지를 전한다. 우리의 사고방식과 경험, 가치관은 눈에 보이지 않는 방식으로 다음 세대에게 전해진다는 것이다. 선조의 삶이 후대를 변화시키듯, 우리가 내리는 선택과 태도 역시 후손에게 중요한 유산이 될 것이다.

친절이라는 마법

가끔 '나는 과연 친절한 사람일까?' 자문한다. 친절이란 쉬워 보이면서도 실제로는 소홀하기 쉬운 덕목이다. 바쁜 일상에 치여 잊거나 성공을 향해 달리느라 우선순위가 밀리기도 한다. 하지만 친절이 지닌 마법은 우리의 삶을 놀라울 정도로 아름답게 변화시킨다.

"친절한 한마디 말이 석 달 겨울 추위를 녹인다"는 일본 속담이 있다. "말 한마디로 천 냥 빚을 갚는다"는 우리 속담과 상통한다.

마더 테레사는 "친절한 말은 짧고 하기도 쉽지만, 그 메아리는 아주 오랫동안 이어진다"고 했다. 우리가 베푸는 작은 호의가 언젠가 누군가의 마음속에서 꽃 피울 씨앗이 될 수 있다는 얘기다.

심리학적으로 본 친절의 효과

연구에 따르면 친절한 행동은 '사랑 호르몬'이라 불리는 옥시토신 분비를 촉진한다. 옥시토신은 스트레스를 낮추고 정서적 안정을 도우며, 도파민 분비 증가로 인해 자연스럽게 행복감을 느끼게 해준다.

친절은 자신에게도 큰 선물이 되며 낯선 이에게 건넨 작은 호의나 따뜻한 말은 내 마음을 더 건강하고 풍요롭게 만든다. 이는 도덕적 만족감을 넘어, 사회적 연결감을 강화하고 삶의 만족도를 높이는 열쇠가 되기 때문이다.

작은 친절이 가져오는 큰 변화

한진그룹 창업주 조중훈 회장의 일화가 이를 잘 보여준다. 택시 운전사 시절 그는 우연히 길에서 고장 난 차를 도왔는데, 그 차의 주인이 미8군 사령관 부인이었다. 이 인연이 훗날 그의 인생을 크게 바꿔놓았다. 대가를 바라지 않은 작은 친절이 엄청난 결과로 이어진 것이다.

이처럼 친절은 거창한 선행이 필요하지 않다. 톨스토이는 "친절은 세상을 아름답게 하고, 모든 비난을 없애며, 사람들 사이의 오해를 풀어준다"고 했다. 복잡한 인간관계에서 때론 상처받고 실망하기도 하지만, 친절은 그러한 갈등을 부드럽게 해소하는 윤활유 역할을 한다.

현실에선 친절을 잊고 살기가 너무 쉽다. 오늘부터 작은 실천을 해보는 건 어떨까? 길에서 마주치는 이웃, 함께 일하는 동료, 그리고 내 곁의 가족에게 먼저 따뜻한 한마디를 건네보자.

내가 베푼 따뜻한 말 한마디가 한 사람의 인생을 바꿀지도 모른다. 무엇보다 그 친절의 온기가 내 삶까지도 변화시킬 것이다.

행복의 한 문이 닫히면
다른 문이 열린다.
그러나 우리는 줄곧
닫힌 문만 바라보느라
이미 우리에게 열린
다른 문을 보지 못한다.

- 헬렌 켈러 -

행복은 '주는 것' 에서 시작된다. 우리가 상대방을 행복하게 만드는 순간, 우리 마음도 자연스럽게 기쁨으로 채워진다. 이는 단순한 위로의 말이 아니라, 신경과학적으로도 증명된 사실이다. 연구에 따르면 기부나 봉사 등 나눔을 실천하는 사람들은 더 높은 삶의 만족도를 느끼고, 장기적으로 신체 건강도 향상되는 경향이 있다. 이런 의미에서 황금률은 단지 도덕적 격언을 넘어, 인간 본능에 부합하는 삶이다.

2장

관계로부터 배우는 행복

친구는 제2의 나
: 친구가 있으면 오래 산다

당신의 매력을 비추는 거울

누구나 매력적인 사람을 선망하는데, 외모나 재력 혹은 특별한 재능을 가진 사람을 부러워한다. 하지만 진정 우리를 사로잡는 매력은 전혀 다른 곳에서 발견된다. 있는 그대로의 나를 이해해 주고, 내가 좋아하는 것과 싫어하는 바를 알아가며, 내 가치를 인정하고 지지해주는 사람에게서 느끼는 안정감이야말로 진정한 매력이다.

이들과 함께할 때 느껴지는 편안함과 행복은 말로 다 표현하기 어렵다. 내 말에 귀 기울여 주고, 작은 행동에도 관심을 보이는 모습을 통해 우리는 위로를 받고, 상대의 따뜻한 미소 한 번에도 나의 존재가 소중하게 여겨짐을 느낀다.

매력의 비밀, 공감과 연결

심리학자들은 매력이 외모나 물질적 조건에 국한되지 않는다고 말한다. 오히려 사람의 마음을 움직이는 요인은 '공감' 과 '연결' 의 힘이다. 나를 진심으로 이해하려 하고, 나의 말에 집중하며, 언제나 내 편이 되어주는 관계에서 우리는 매력의 근원을 찾는다.

인간은 본능적으로 자신을 받아들이고 지지해줄 사람을 원한다. 마음 깊은 곳에서 '나를 사랑해줄 사람' 을 갈망하는 것이다. 그렇기에 나 자신의 모습을 편히 드러낼 수 있는 안전한 관계 안에서 우리는 진정한 자유를 누리고, 행복감을 느낀다.

내가 매력적인 사람이 되려면

이제 거울을 들어 자신을 돌아보자. 나는 주변 사람들에게 매력적인 존재일까? 내가 타인에게서 바라는 온기를 타인에게도 전하고 있을까?

사실 매력은 먼 곳에서 시작되는 게 아니라, 바로 가까운 이들과의 관계에서 싹튼다. 소중한 사람들의 가치를 인정하고, 진심 어린 응원과 관심을 보낼 때 비로소 나도 상대방에게 매력적인 사람으로 기억된다.

사랑이란 거창한 데서 오지 않는다. 오늘 하루, 가족이나 친구의 이야기에 귀 기울여 보자. 작은 칭찬과 진심 어린 격려를 건네보자. 내가 '매력있는 거울'이 되어 빛나기 시작하면, 그 빛은 다시 나에게도 돌아오게 마련이다.

관계가 만들어내는 작은 기적

매력은 관계에서 순환한다. 내가 먼저 손을 내밀면, 그 따뜻함은 상대방의 마음속에서 더욱 크게 번져 나에게 돌아온다. 그렇게 소소한 노력이 쌓여 주변 사람들의 일상을 환하게 밝혀줄 것이다. 그럴 때, 당신은 그들에게 가장 매력적인 사람이다.

친구는 나를 오래 살게 한다

'친구'라는 말은 듣기에는 단순하지만, 우리의 정신적·육체적 건강에 깊이 관여한다. 단순한 정서적 유대감을 넘어, 친구는 우리 삶에 상당한 의미와 가치를 더해준다. 이를 뒷받침하는 여러 과학적·심리학적 연구도 있다.

2005년 호주 연구진은 70세 이상 노인 1,500명을 10년간 추적 조사하며, 아이·가족·친구와의 접촉 빈도가 생존율에 어떤 영향을 미치는지 분석했다. 그 결과가 흥미로웠는데, 가족과의 교류는 생존율에 큰 영향을 주지 않았지만, 친구와 활발히 교류하는 노인들은 훨씬 더 오래 살았으며 가족이라는 울타리로도 채우지 못하는 정서적 공백을 친구가 메워줄 수 있다는 사실이 밝혀진 것이다.

비슷한 연구는 영국과 미국에서도 진행되었다. 예일대학교 연구진은 65세 이상 노인 1만여 명을 대상으로 5년간 사회적 관계와 사망률의 상관관계를 살폈는데, 친구가 없는 노인은 친구가 있는 노인보다 사망률이 두 배나 높았다. 이렇듯 친구와의 우정은 우리 삶에 단순한 즐거움 이상의 의미를 지닌다.

친구가 나의 생존에까지 영향을 줄까?

인간은 사회적 동물이다. 오래전부터 공동체 속에서 협력하고 관계를 형성하도록 진화해왔기 때문에 타인과의 친밀한 연결에서 안정감을 느끼고 스트레스를 해소한다. **친구와 대화할 때 우울과 불안이 줄어들고, 스트레스 호르몬인 코르티솔 수치가 낮아져 혈압과 심장 박동이 안정된다는 연구 결과도 있다.**

의학적 관점에서도 사회적 고립은 염증 반응을 높이고 면역력을 떨어뜨려 심장병·뇌졸중·암 같은 질환의 위험성을 높인다. 반대로, 친구와 함께 나누는 웃음과 대화는 엔돌핀 분비를 촉진하여 면역 체계를 강화하고 우리 몸을 보호해준다.

하지만 나이가 들수록 새로운 친구를 사귀거나 기존 친구들과 교류하는 데 어려움을 느끼기 쉽다. 그런데도 친구는 '또 하나의 가족'이고 우리가 더 오래 더 행복하게 살아가기 위해 꼭 필요한 존재임을 잊지 말아야 한다.

퇴직 후를 생각하며 반경 30분 거리 안에서 소모임을 만들어보는 것도 좋은 방법이다. 독서·운동·악기·등산 등 무엇이든 상관없다. 함께 웃고 대화하며 마음을 나눌 사람들을 찾는 것이 중요하니까.

"친구 없는 인생은 목격자 없는 죽음과 같다"는 스페인 속담이 있다. 친구는 우리의 삶을 함께 기록하고, 웃음과 추억을 공유하는 동반자이다. 오늘 오래된 친구에게 전화를 해보면 어떨까? 그 한 통의 전화가 당신과 친구의 삶을 더욱 풍성하고 건강하게 바꿀지도 모른다.

소그룹 모임과 수다의 힘

얼마 전, 세계적인 장수 마을에 대한 글을 접했다. 이 마을 주민들은 특별한 건강 비법을 따르는 것도 아닌데, 이상하리만치 오래 살고 행복해보였다. 그 이유를 살펴보니, 그들이 즐기는 '소그룹 모임' 과 '수다' 에 해답이 있었다.

그들은 건강식이나 매일 땀 흘리는 운동에만 집중하지 않았으며 대신 자주 모여 대화를 나누며, 일상적인 날씨 얘기나 사소한 농담에도 웃음을 터뜨렸다. 이런 가벼운 대화 속에서 오히려 건강과 행복을 챙기고 있었다.

웃음과 대화가 전하는 긍정적 효과

의학적으로도 웃음은 스트레스를 줄이고, 몸에서 엔돌핀과 도파민 같은 행복 호르몬을 분비하도록 해준다고 한다. 심장 박동이 안정되고 혈압이 낮아지는 등 건강상의 이점도 크고 다양하다. 그야말로 웃음은 만병통치약이다.

소그룹 모임은 그저 수다에 그치지 않는다. 서로 이야기를 들으며 공감하고, 관계를 쌓아가는 과정이 함께 이뤄진다. 이는 우울증 예방과 자존감 향상에도 기여한다. 75년간 진행된 하버드대학교 연구 결과에 따르면, 인간관계의 질이 행복과 수명에 가장 큰 영향을 미친다. 친구와 나누는 수다가 그저 의미 없는 말 잔치가 아니라, 우리를 건강하게 만들 수 있는 중요한 자원이 되는 셈이다.

일본 오키나와 주민들의 '모아이(소그룹 네트워크)' 도 이를 뒷받침한다. 이웃들이 자주 만나 서로의 일상을 나누고 도우며, 심리적·

정서적 안정감을 확보하고 어려울 때 버팀목이 된다. 그 결과 오키나와는 세계적인 장수 지역으로 유명해졌다.

대화는 현대 사회가 안고 있는 복잡한 감정과 스트레스를 자연스럽게 해소하는 '치유 도구' 이기도 하다. 속으로 꼭꼭 담아둔 고민이나 불안을 누군가에게 털어놓는 것만으로도 마음이 훨씬 가벼워진다. 이렇듯 대화는 뇌를 자극해 기억력과 인지능력을 높이고, 치매 예방에도 효과가 있다고 하니 그저 말만 하는 일이 결코 아니다.

삶은 관계에 달려 있다. 친구와 나눈 짧은 수다, 함께 웃은 그 순간들이 쌓여 우리 삶의 질을 높여준다. 그러니 열 명 이하의 소그룹 모임을 하나 만들어보면 어떨까. 잡담이든 농담이든 원 없이 나누면서 깔깔거리며 웃는 모임이라면 더할 나위 없겠다.

남과 비교하는 버릇은 친구로 삼지 말자

불행은 비교로부터 시작된다

철학자 키르케고르는 "이 세상의 모든 비극과 불행은 남들과의 비교로부터 나온다"고 했다. 혹시 지금도 마음 한편에서 누군가와

나 자신을 비교하고 있진 않은가? 직장에서의 성과나 사회적 지위, 재산, 심지어 SNS 속 화려한 일상을 보며 "나는 왜 저 사람처럼 못 할까?" 비교하면서 부러워하기 쉽다.

현대 사회는 경쟁이 일상이 되었다. 학벌, 외모, 연봉 등이 삶의 척도가 되고, 이는 끊임없이 비교를 부추기는 환경을 형성한다. 하지만 이런 비교에서 오는 결핍감은 개인만의 문제가 아니라 자본주의가 극단으로 치닫는 오늘날의 사회 환경이라면 너나없이 겪을 수밖에 없는 문제다.

열등감이라는 그림자

비교는 때로 동기부여가 되기도 하지만, 그 이면에는 열등감이라는 그림자가 깃들어 있다. 남을 부러워하는 마음이 '나는 부족하다'는 인식으로 이어지면, 결국 행복을 갉아먹게 된다. 심리학자 알프레드 아들러는 "열등감은 모든 인간 행동의 중심에 있다"며, 인간의 삶이란 열등감을 극복하며 성장해가는 여정이라고 설명했다.

아들러의 어린 시절을 돌아보면, 병약하고 학업에서도 뒤처진 탓에 열등감은 그에게 떼려야 뗄 수 없는 감정이었다. 그러나 부모의 따뜻한 격려 덕분에, 그는 열등감을 발판 삼아 뛰어난 심리학자로 성장했다. 이런 경험을 바탕으로 아들러는 "열등감 자체를 숨기거나 부끄러워할 필요가 없으며, 어떻게 다루느냐에 따라 삶을 긍정적으로 바꿀 수 있다"고 역설했다.

비교의 초점을 바꾼다

남과 비교하지 않겠다는 결심이 말처럼 쉽진 않다. 우리는 타인의 성공이나 화려함을 보며 자신과 견주기 마련이니까. 하지만 비교는 끝없는 경주와도 같다. 한번 시작하면 더 높은 곳만 바라보게 된다.

이제 잠시 발걸음을 멈추고, 내게로 시선을 돌려보자. 나는 어떤 사람이고, 무엇을 소중히 여기고 있는지 자신에게 물어보자. 남의 시선이 아닌, 나만의 진짜 가치를 찾는 연습을 하는 것이다.

예를 들어 '어제의 나와 오늘의 나'를 비교해 보면 어떨까? 어제보다 조금 더 나은 점을 발견할 때, 그제야 비로소 스스로 칭찬하고 격려할 수 있다.

남과 나를 비교하며 무거웠던 마음을 떠올려보자. 이제 조금 내려놔도 괜찮지 않을까. 비교 대신 감사로 하루를 채워본다. 바쁘더라도 잠시 멈춰 자신을 토닥이며 '그래, 이만하면 괜찮다'고 말해 준다. 그러면 안으로부터 행복이 피어날 것이다.

친구는
내가 선택한
가족이다.

- 제시카 존슨 -

02

나누는 삶의 힘
: 사랑은 나눈 만큼 커진다

나눔의 힘, 행복으로의 초대

록펠러는 세계 최고 부자이자 자선 사업가로 유명하다. 그러나 그의 시작은 그리 떳떳하지 않았다. 부와 권력을 얻기 위해 냉혹한 결정을 서슴지 않았던 인물로 기억되었으니까.

록펠러는 33세에 백만장자가 되었고, 43세에 미국 최고 부자가 되었으며, 53세에 세계적으로 손꼽히는 갑부로 올라섰다. 그러나 47세 무렵 심각한 건강 문제로 머리카락과 눈썹이 빠지기 시작하고, 55세에는 의사로부터 1년 시한부 선고를 받는다.

절망 속에서 그는 병원 로비에 걸린 액자의 글귀를 보고 걸음을 멈췄다.

"주는 것이야말로 받는 것보다 복되다."

이 글귀가 그의 마음을 울렸다. 얼마 뒤, 병원 접수처에서 치료비를 두고 실랑이를 벌이는 어머니와 딸을 목격한 록펠러는 자신의 비서를 통해 그 병원비를 대신 내주었다. 그리고 그 소녀가 치료를 받고 건강해지는 모습을 본 그는 난생처음으로 진정한 행복을 느꼈다고 고백한다. 남을 돕는 일이 자기 자신을 구원하고 변화시키는 힘이 있다는 사실을 깨달은 것이다.

놀랍게도, 이후 그는 건강을 되찾아 98세까지 장수하며 자선사업에 전념했다. 그는 자서전에서 **"내 인생의 전반기 55년은 쫓기는 삶이었고, 후반기 43년은 나눔 속에서 행복을 누렸다"고 회고했다. 록펠러의 이야기는 베풂이 단지 타인을 돕는 행위에 그치지 않고, 자신도 치유하는 길임을 잘 보여준다.**

록펠러 외에도 전 세계 곳곳에 나눔으로 인생을 바꾼 사람이 많다. 일본의 한 작은 마을에서 암 투병 중이던 여성이 병원에서 뜨개질을 시작해 다른 환자들에게 모자나 담요를 선물한 이야기도 유명하다. 그녀는 그 과정에서 큰 행복을 느꼈고, 실제로 병이 더 진행되지 않는 기적을 경험했다. 나눔은 결코 거창하거나 어려운 일도 아니다. 작은 친절이나 따뜻한 말 한마디에도 누군가의 인생이 바뀔 수 있다.

나눔의 긍정적 효과

다른 사람을 돕는 나눔은 도덕적 의무를 넘어 신체적 · 정신적 변화를 일으킨다. 연구에 따르면, 나눔은 '옥시토신' 분비를 촉진해 스트레스를 줄이고 혈압을 안정시키며, 면역력을 높인다고 한다. 또 뇌에서 엔도르핀이 증가해 '헬퍼스 하이(helper's high)' 라 불리는 행복감을 경험한다. 의학적으로도 나눔이 심혈관 질환 위험을 줄이고, 암 환자의 생존율을 높인다는 연구가 있다.

사회심리학적으로 나눔은 공동체 의식을 고양하고 사람들 간 신뢰를 강화하며 이는 우울증과 고립감을 줄이고, 자존감을 높이는 데도 도움이 된다. 공자는 **"남을 돕는 것이 곧 자신을 돕는 것"** 이라고 했고, **톨스토이는 "진정한 행복은 나눔에서 비롯된다"** 며 나눔의 가치를 강조했다. 그런가 하면 **"타인을 수단이 아닌 목적으로 대하라"** 고 한 칸트는 나눔이 인간을 더욱 윤리적이고 고귀한 존재로 만든다고 보았다.

이익만을 좇는 삶에서 벗어나기

우리는 때때로 삶의 의미를 '더 많은 것' 에서 찾으려 한다. 더 높은 자리, 더 많은 돈, 더 나은 환경.

하지만 끝없이 욕망을 좇는다고 그만큼 더 행복해질까?

《장자》에 나오는 우화는 이익만을 좇는 삶의 허무함을 여실히 보여준다. 숲속에서 사냥하던 장자는 매미를 노리는 사마귀, 그리고 사마귀를 노리는 까치, 그 까치를 또 겨냥하는 자신을 보게 된다. 모두가 눈앞의 사냥감에만 몰두한 나머지, 정작 뒤에서 다가오는 위험을 보지 못한 것이다. 장자는 "먹이를 노리면 언젠가 먹이가 된다"며 활을 내려놓았다. 욕심이 불행을 부른다는, 단순하지만 강력한 진리를 깨달은 것이다.

소소한 일상 속 행복 찾기

현대 사회는 효율과 성취를 중시하지만, 그 과정에서 우리는 일상의 작은 행복을 놓치기도 한다. 아침 햇살, 따뜻한 차 한 잔, 가족과 나누는 소소한 대화 같은 것들 말이다. 심리학자들은 이러한 '일상적 감사'가 스트레스를 낮추고 삶의 만족도를 높인다고 한다.

감사는 단순한 감정이 아니라, 삶을 바라보는 태도이다. 감사하는 마음은 우리가 가진 것을 재발견하게 하고, 불필요한 욕심에서 벗어나도록 도와준다. 작은 것에 만족할 때, 오히려 우리는 더 큰 행복을 느낄 수 있다.

가치 있는 삶을 추구하다

진정한 행복은 이익을 얻는 데서만 오지 않는다. 심리학자 미하이 칙센트미하이는 몰입(flow)이 행복의 중요한 원천이라고 말한다. 몰입이란 좋아하는 일에 빠져 시간 가는 줄 모를 정도로 집중하는 상태로, 물질적 성공이 주지 못하는 깊은 만족을 안겨준다.

인문학적 관점에서도 삶의 의미는 내적 성장과 타인과의 관계에서 찾을 수 있다. 톨스토이는 "외적 성공이나 명예로 내면의 공허함을 채우려는 시도는 실패할 것"이라 경고하고, 대신 "인간관계와 내적 성장을 통해 행복을 추구해야 한다"고 권고한다.

삶을 더 의미 있게 만드는 질문

내가 추구하는 이익은 진정 필요한 것인가?

일상에서 감사할 수 있는 때는 언제인가?

내 삶을 더욱 가치 있게 만드는 요인은 무엇인가?

이런 질문을 통해 우리는 눈앞의 욕심을 넘어, 더 깊고 의미 있는 삶의 지향점을 발견할 수 있다.

우리 모두 때때로 욕망에 사로잡혀 '더 많이'를 외치지만, 실제 행복은 일상의 소소함과 더 높은 가치를 좇는 삶에서 비롯된다. 《장자》가 전하듯 욕심은 불행을 부를 수 있지만, 감사와 몰입은 우리를 더 풍요롭고 만족스러운 길로 이끈다.

오늘 하루는 눈앞의 이익보다는 더 큰 가치를 돌아보는 날로 삼아보자. 작은 일에 감사하고, 관계 안에서 행복을 찾으며, 스스로 몰입할 기회를 만들어보자. 그렇게 한 걸음씩 의미 있는 삶에 가까워지자.

사랑은 언제나
충분하지 않습니다.
하지만, 그게 전부입니다.

- 빌리 그레이엄 -

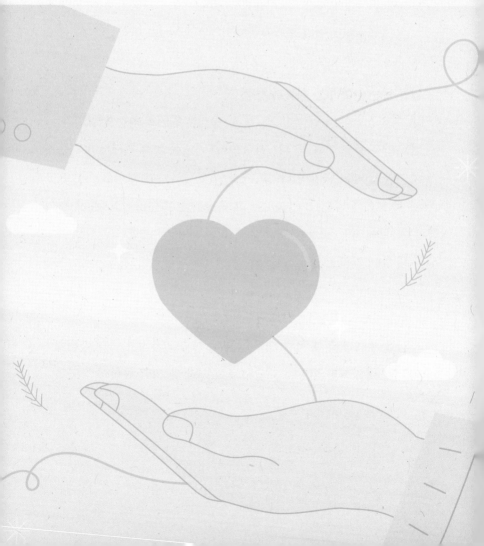

봉사하는 기쁨
: 타인의 행복을 돕는 것이 나의 행복이다

남을 돕는 삶이 주는 행복과 건강

당신은 받기만 하는 사람인가, 아니면 주변을 위해 베푸는 사람인가? 치열한 경쟁 속에서 우리는 자기만의 벽을 쌓기 쉽다. 그 벽 안에서는 '나'만 보이고, '남'은 잘 안 보이게 마련이다. 하지만 그 벽을 허물고 이타적인 삶, 즉 다른 사람을 돕는 길을 선택하면, 우리는 한층 더 특별한 존재로 거듭날 수 있다.

돕는 삶이 가져다주는 놀라운 혜택

남을 돕는 삶은 도덕적 의무를 넘어 실제로 우리의 몸과 마음에 미치는 긍정적인 영향이 대단하다. 심리학과 의학 분야에서 나온

다양한 연구가 이를 뒷받침한다.

미국의 한 연구에서 노인 부부 423쌍을 대상으로, 주변 사람들을 돕는 습관과 수명 간의 상관관계를 5년간 살펴봤다. 예컨대 이웃의 장보기나 소소한 집안일을 거들어주거나 차량을 제공하는 등의 일상적 도움을 말한다.

연구 결과, 남을 돕지 않고 살아가는 이들의 사망률이 도움을 주며 살아가는 이들보다 2배 이상 높았다. 흥미로운 점은, 도움을 받기만 하며 자기중심적으로 지낸 사람들에게는 건강상의 긍정적 변화가 전혀 나타나지 않았다는 것이다.

왜 이런 차이가 날까? 심리학자들은 남을 돕는 행위가 '헬퍼스 하이' 현상을 일으킨다고 설명한다. 이는 도파민과 세로토닌 같은 행복 호르몬이 분비돼 기분을 좋게 만들고, 스트레스를 완화하는 작용을 하기 때문이다. 의학적으로도 봉사활동 같은 이타적 행동이 심박 수를 안정시키고 혈압을 낮추며, 염증 반응을 줄이는 등 심혈관 건강에 이롭다는 보고가 있다.

돕는 삶이 일으키는 기적

록펠러의 기적에서 보았듯이 이타적 행동이 우리 몸에 미치는 긍정적 효과는 여러 연구에서 확인된다. 미시간대학교의 한 연구에서 꾸준히 봉사활동을 해온 사람들의 사망률은 그렇지 않은 사람들보다 40% 더 낮았다는 결과가 나왔다. 스트레스 호르몬(코티솔) 수치는 줄고, 면역력이 강화되며, 세포 노화와 연관된 '텔로미어' 길이도 잘 유지된다는 사실이 밝혀졌다.

이는 단순히 '착한 마음'의 문제가 아니라, 몸과 마음을 동시에 치유하는 강력한 방법임을 시사한다. 우리의 몸은 따뜻하고 긍정적인 생각에 반응하고, 부정적이고 냉소적인 사고에는 스스로 방어하려다 점차 약해진다고 한다.

작은 실천으로 시작하는 큰 변화

남을 돕는다는 것을 어렵게만 생각하기 쉬운데, 사실 사소한 것에서부터 시작할 수 있다. 이웃에게 따뜻한 한마디를 건네거나, 가족의 자잘한 일을 도와주거나, 길을 묻는 사람에게 친절히 알려주는 것 등이다.

결국, 남을 돕는 일은 나 자신을 돕는 일이기도 하다. 남을 도울 때 우리는 세상과 연결되고, 자신의 가치를 더 확실히 느낄 수 있기 때문이다. 한 연구에서는 다른 사람을 돕는 행동이 뇌에 긍정적 변화를 유도해, 더 오래 사는 비결이 되기도 한다고 결론 내렸다.

남을 돕는 삶은 단순한 선행에 그치지 않는다. 이는 내 몸과 마음을 바꾸고, 인생 자체를 풍요롭게 한다. 록펠러가 인생 후반부에 행복을 만끽할 수 있었던 비결은 베풂이 지닌 가치를 깨달았기 때문이다. 오늘부터 작은 도움이라도 실천하자. 내 시선이 나만이 아니라 타인으로 향할 때, 진정한 행복에 조금 더 다가서게 될 것이다.

행복을 찾아가는 길

우리는 종종 행복이 저 멀리 있을 거라 착각한다. 한 번도 가본 적 없는 먼 곳이거나 손에 닿지 않는 꿈 같은 것으로 여기는 것이다. 하지만 행복이 의외로 가까운 곳에 있음을 깨달을 때, 우리는 작은 깨달음을 만난다. 그리고 그 행복을 발견하는 방법은 생각보다 간단하다.

첫걸음은 **친절**이다. 모든 이에게 친절한 태도를 유지하는 것은 세상과 연결되는 가장 쉬운 길이다. 마음을 열고 타인에게 따스한 눈빛을 건네면, 내 안에 숨겨졌던 행복의 씨앗이 싹트기 시작한다. 더 나아가서 많은 사람을 좋아하고, 소수에게 깊이 사랑받으며, 그들에게 필요한 사람이 될 때 인생의 가치는 한층 빛이 난다.

여기서 우리는 황금률을 떠올릴 수 있다.

"남에게 대접받고 싶은 대로 남을 대접하라."

이 황금률은 거의 모든 종교에서 공통으로 발견되는 가르침이다. 예수님은 "네 이웃을 네 몸같이 사랑하라" 이르고, 부처님은 "내가 받기 싫은 대접을 남에게 하지 말라" 가르치며, 공자님도 "내가 싫어하는 것을 남에게 시키지 말라"고 충고한다.

사회적 연결감이 강화돼 우울과 불안을 줄여준다는 연구 결과도 있다. 우리 자신이 더 행복해지고 싶다면, 오직 내 욕구만을 충족시키는 데 그치지 않고, 타인의 행복을 돕는 쪽으로 시선을 돌려야 한다는 것이다.

또 행복은 **'주는 것'** 에서 시작된다. 우리가 남을 행복하게 해주면, 우리 마음도 자연스럽게 기쁨으로 채워진다. 이는 단순한 위로의 말이 아니라, 신경과학적으로도 증명된 사실이다. 연구에 따르면 기부나 봉사 등 나눔을 실천하는 사람들은 더 높은 삶의 만족도를 느끼고, 장기적으로 신체 건강도 향상되는 경향이 있다. 이런 의미에서 황금률은 단지 도덕적 격언을 넘어, 인간 본능에 부합하는 삶이다.

물론 현실은 녹록지 않다. 사람들은 대개 상대방의 입장보다는 자기 입장으로 세상을 본다. 그렇다면 행복의 실마리는 **'상대방 관**

점에서 보기'로 찾을 수 있다. 나의 말과 행동이 그들에게 어떤 영향을 미칠지 잠시 생각해보는 것만으로도 세상은 훨씬 부드러워질 수 있다.

행복은 단순하지만 위대한 행동에 깃들어 있다. 작은 감사와 조용한 배려 그리고 온화한 미소가 우리 삶을 채우는 행복의 요소이다. 그러니 오늘, 조금만 더 가까이 다가가보자. 주변 사람들에게 친절을 베풀고, 따뜻한 한마디를 건네보자. 그것이야말로 우리가 행복으로 가는 길이다.

지금 여기, 당신의 손 닿는 곳에 행복이 있다.

봉사는
선한 영향력을
퍼뜨리는
가장 좋은 방법이다.

- 달라이 라마 -

아이와 소통하는 법
: 자존감이 진정 아이를 살린다

아이에게 필요한 것은 성적이 아니라 자존감

우리 아이들에게 정말 필요한 것은 무엇일까? 높은 성적? 좋은 학교? 아니면 철저한 생활습관?

여러 경험을 거쳐 깨달은 건 의외로 단순했다. 바로 '**자존감**'이다.

미국의 한 대학에서는 결손가정에서 자란 1955년생 아이들 833명을 대상으로 20년간 추적 연구를 진행했다. 연구 초기에는 이 아이들의 삶이 불행할 것이라는 가정이 깔려 있었다. 하지만 놀랍게도, 이 중 30%가 결손가정이라는 환경을 극복하고 성공적인 삶을 살아냈다.

이 아이들은 어떻게 역경을 이겨냈을까? 연구진이 집중한 결론은 자존감이었다. 결손가정이었지만, 아이들 주변에 자신을 진심으로 인정하고 지지해주는 가족 구성원이 한 명 이상 있었다. 엄마든 아빠든, 할머니·할아버지, 이모·삼촌 누구든 상관없었다. 중요한 건 조건없는 사랑과 응원을 느낄 수 있었다는 사실이다.

심리학 연구에서도 자존감의 중요성은 여러 차례 입증되었다. 칼 로저스에 따르면 자존감은 인간의 긍정적 자아 형성에 핵심이다. 로저스의 '인간 중심 치료' 이론에 따르면, 개인이 긍정적 존중을 받으면 자아 개념이 강해져 심리적으로 건강하게 성장할 수 있다. 이는 부모가 아이에게 '무조건' 사랑하고 지지해줄 때, 아이들은 어려운 상황에서도 자신을 믿고 도전할 마음을 키운다.

해야 할 말, 하지 말아야 할 말

이야기를 듣고, 부모로서 우리가 아이에게 해야 할 말과 하지 말아야 할 말을 다시 생각해보게 된다. "공부 좀 더 열심히 해라", "옆집 아이는 저렇게 잘하더라" 같은 말은 오히려 아이들에게 큰 부담이 될 수 있다. 대신 "너는 세상에 단 하나뿐인 존재야. 건강하고 이 자리에 있는 것만으로도 엄마 아빠는 정말 행복해"라고 말해 주면 어떨까? 아이가 존재 자체로 사랑받는다는 사실을 매일 느낄 수 있도록 해주는 것이야말로 자존감 향상의 시작 아닐까?

물론, 부모로서 욕심을 내려놓기란 쉽지 않다. 나 역시 "우리 아이가 좀 더 노력하면 좋은 대학에 갈 텐데" 하는 마음이 수시로 든다. 그러나 그 욕심을 잠시 내려놓고, 아이의 작은 성취에 박수를 보내주고, 아이의 감정을 진심으로 이해해주면, 아이는 스스로 성장할 동력을 얻는다.

청소년기의 열등감은 성장통이라고 하지만, 제대로 극복하지 못하면 인생에 큰 장애가 되기도 한다. 알프레드 아들러는 열등감을 인간 행동의 핵심 동력으로 보았지만, 이를 잘못 다루면 좌절과 비참함으로 이어질 수 있다고 경고한다. 아들러는 부모가 아이의 작은 성공을 인정하고 칭찬해줄때, 아이들은 자기 가치를 느끼고 발전하려는 의지를 키운다고 말한다.

자존감을 키우는 일에는 특별한 기술이 필요하지 않다. 매일 "사랑해"라고 말해주고, "너는 세상에서 유일무이한 존재"라고 알려주며, 진심으로 지지해주는 것, 그것이 전부다. 그렇게 자존감이 커진 아이들은 자신들의 앞날을 스스로 개척할 힘을 얻는다.

우리는 부모로서 아이가 행복한 삶을 살길 바란다. 그러려면 오늘부터라도 욕심을 조금 내려놓고, 아이의 장점을 발견해 사랑으로 감싸주는 노력이 필요하다.

자존감은
당신이 자신을 어떻게 대하는지,
그리고 다른 사람들이
당신을 어떻게 대하는지에 대한
기준이 된다.

- 로이스 P. 프랭클 -

평범한 일도 의미를 부여하면 열정을 잃지 않게 된다. '내가 하는 이 일이 누군가의 인생에 작은 변화를 줄 수도 있지 않을까' 하는 생각만으로도 삶은 더 빛난다. 심리학자들은 우리가 하는 일에 가치와 의의를 느낄 때 더 오래 열정을 유지할 수 있다고 말한다. 열정은 쉽게 타오르지만 이어가기는 어려운 법이다. 그러나 포기하지 않는다면, 그것을 진정한 삶의 에너지로 삼을 수 있다.

3장

열정으로 건너는
인생 후반

01

나만의 재능 발견하기
: 재능은 신이 내린 인생 배역이다

고통과 성장, 신이 내린 배역을 찾는 여정

우리가 살아가면서 맞
닥뜨리는 고통은 때때로 감당하기 벅찰 때가 있다. 그러나 바로 그
고통을 느끼는 순간이야말로 삶이 던지는 가장 중요한 질문이 될
수 있다. "신은 누구에게나 고유한 배역과 재능을 주었다"고 한다.
아직 자신의 배역을 찾지 못한 것뿐이라는 말이다. 역경 속에서 우
리의 진정한 역할이 무엇인지 발견하는 과정은 이렇게 시작된다.

베토벤 이야기, 시련이 낳은 명곡

베토벤은 27세 무렵부터 청력을 잃어가기 시작했다. 음악가에게
청력 상실은 사형선고나 다름없다. 절망 끝에 유서를 쓸 정도였지

만, 그는 깨달음을 얻었다.

"귀를 잃었다면, 잡념도 듣지 않고 오로지 작곡에만 몰두할 수 있지 않을까?"

그 후 그의 삶은 바뀌었다. 완전히 듣지 못하게 된 후에야 그는 〈운명 교향곡〉, 〈열정 소나타〉, 〈합창 교향곡〉 같은 불후의 작품을 남겼다. 베토벤은 삶이 그를 무너뜨리려 할 때 비로소 그가 맡을 배역을 찾은 것이다. 고통을 극복한 그의 모습에서 우리는 고통을 대하는 태도를 배운다.

외상 후 성장고통을 이겨내며 우리는 성장한다

심리학에서는 이를 '외상 후 성장(post-traumatic growth, PTG)' 이라 부른다. 고통과 시련이 우리를 어떻게 변화시키고 단단하게 만들까? 리처드 테데스키와 로렌스 칼훈은 "심각한 역경이나 외상을 경험한 뒤, 개인이 이전보다 더 높은 수준의 심리적 성숙을 이루는 과정" 으로 PTG를 정의한다. 이는 다음과 같은 변화를 부른다.

새로운 가능성 발견: 역경은 우리가 미처 보지 못했던 길을 열어준다.

내적 강인함 : 시련을 극복하며 쉽게 주저앉지 않을 자신감을 얻는다.

깊어진 인간관계 : 힘들 때 도움을 받으며 인간관계가 얼마나 소중한지 깨닫게 된다.

역경 내성과 신경가소성

고통을 이겨내는 과정에서 뇌는 신경가소성을 통해 긍정적으로 변화할 수 있다. 인지행동치료(CBT)는 우리의 고통스러운 경험을 '배움의 기회'로 재구성하도록 돕고, 그때 뇌는 회복탄력성을 강화한다.

스티븐 호킹의 이야기 : 시한부 판정을 넘어선 천재

21세에 루게릭병(ALS)을 진단받은 스티븐 호킹은 몇 년 안에 죽을 거라는 판정에도, 정신적 자유를 만끽하며 상대성이론과 양자역학을 결합하는 혁신적 연구를 이어갔다. 고통이 소중한 것을 앗아가지만, 동시에 새로운 문을 열어준다는 사실을 호킹은 보여주었다.

고통을 성장으로 바꾸는 방법

고통에서 성장으로 나아가는 일은 본능적이지 않다. 그렇게 하려면 의식적인 노력이 필요하다.

고통의 의미 찾기 : 고통은 무작위가 아닐 수 있다. 빅터 프랭클의

《죽음의 수용소에서》는 이를 잘 보여준다. 그는 "삶의 의미를 찾으려는 의지"가 가장 강력한 생존 동력임을 강조했다.

작은 목표 설정 : 극복은 단숨에 이루어지지 않는다. 작은 성공 경험이 자신감을 회복해주고, 점차 더 큰 목표로 향하도록 이끈다.

사회적 지지 활용 : 가족과 친구, 동료 등 관계 안에서 공감을 주고받으면, 역경을 더 쉽게 이겨 낼 수 있다.

신이 내린 배역을 찾아가는 여정

삶의 어려움은 우리에게 "나는 누구이고, 무엇을 위해 존재하는가?"라는 본질적 질문을 던진다. 그 질문에 답을 찾아가는 과정이야말로 인생을 더욱 깊이 이해하고, 타인에게도 선한 영향력을 주는 길이다. 고통이 지나간 뒤에야, 그 고통을 겪던 시절이 우리 삶을 더욱 풍요롭게 했음을 깨닫는다. 그때 '신이 내린 배역'을 찾는 여정을 시작한다. 저마다 자기만의 교향곡을 쓸 수 있다. 삶이 들려주는 고통의 멜로디를 통해.

오늘이라는 기적을 살아가는 법

살다 보면 누구나 예기치 못한

고비를 맞게 된다. 갑작스러운 질병, 실패, 관계 단절 등이 우리를 무력감에 빠뜨리기도 한다. 그러나 인생의 아름다움은 그 고비를 어떻게 맞이하고, 무엇을 배우느냐에 달려 있을지도 모른다. 우리의 삶은 선택과 태도의 연속이다. 그 선택이 단순한 '**바깥의 성공**' **이 아닌 '내면의 성찰'** 로 이어지는지가 핵심이다.

스티브 잡스는 삶의 고비를 지혜롭게 넘어선 인간 표상이다. 그는 본인이 직접 만든 회사에서 쫓겨나는 아픔을 겪고, 췌장암이라는 시한부 판정 앞에서도 흔들리지 않았다. 그는 매일 아침 거울 앞에서 자신에게 물었다.

"만약 오늘이 내 인생의 마지막 날이라면, 지금 하려던 일을 계속할 것인가?"

이 질문 덕분에 하루하루를 깨우는 삶을 살았다. 잡스는 죽음을 삶의 동반자로 여기고, 오히려 이를 통해 인생에서 가장 중요한 것이 무엇인지 계속 확인하며 참된 의미를 발견했다.

비슷한 맥락에서, 홀로코스트 생존자이자 정신의학자인 빅터 프랭클의 이야기도 마음을 크게 울린다. 그는 나치 강제수용소에서 가족을 잃고 극한의 상황을 겪었지만, 자신의 삶에 의미를 부여하며 버텼다. 프랭클은 "인간에게서 모든 걸 빼앗을 수 있어도 단 하나, 어떤 상황에서도 자기 태도를 선택할 자유만은 빼앗을 수 없다"고 말한다. 그는 단지 고통을 건디는 데 그치지 않고, 그것을 인간 존엄성을 지키는 출발점으로 삼았다. 그의 태도는 오늘날 많은 이들에게 큰 교훈을 준다.

이러한 이야기는 심리학적으로도 매우 중요한 통찰을 제공한다. 어려움을 극복하는 힘, 즉 회복탄력성(resilience)이 그런 사례들에서 확인된다. 회복탄력성이 높은 사람들은 고난을 회피하기보다 학습과 성장을 위한 기회로 삼는다. 잡스는 실패를 통해 자신을 다시 발견했고, 프랭클은 극한의 고통 속에서도 인간의 본질에 도달했다. 긍정심리학자인 마틴 셀리그만에 따르면, 고난 속에서도 다른 사람과 연결되어 있으면 회복탄력성이 더 강화된다. 즉, 인간은 혼자가 아니라 관계 속에서 더 큰 힘을 얻는 존재라는 것이다.

경쟁과 비교가 만연한 현대 사회에서 우리는 흔히 본질을 잃는다. 남의 눈치를 보거나 성공에 대한 압박 속에서 진짜 행복의 의미를 놓쳐버리곤 한다. 하지만 '곧 죽을 수도 있다'는 생각은 욕심과 두려움을 내려놓게 하고, 삶의 진정한 의미를 다시금 떠올리게 만든다. 이는 단순히 공포심을 유발하려는 것이 아니라, 지금 여기에 집중하도록 돕는 강력한 자극이 된다.

오늘 하루는 우리에게 주어진 작은 기적이다. 스스로 물어보자.

"지금 내가 하려는 일이 정말 나를 행복하게 만드는가?"

매일 반복되는 일상에서도 잠시 멈춰 인생의 본질을 돌아보는 시간이 필요하다. 빅터 프랭클이 말한 것처럼, 우리의 태도는 고난 앞에서도 자유롭고, 이를 통해 삶에 새로운 의미를 부여할 수 있다.

삶은 매일 새롭게 펼쳐지는 기회이다. 오늘이라는 기적을 충분히 누리며, 살아 있음을 감사하고, 나에게 진정 소중한 바가 무엇인지 고민해보자. 결국, 우리가 붙들어야 할 가장 중요한 사실은 바로 지금 여기, 우리가 살아 있다는 것이다.

직업이라는 인생 배역

평생을 당연히 여기고 종사해온 직업을 우리는 흔히 '천직'이라 한다. '하늘이 내린 직업'이라는 뜻이다. 직업은 단순히 생계 수단을 넘어, 인생이라는 무대에서 우리가 맡은 중요한 역할이며 삶에 목적을 부여하는 열쇠이기도 하다. 그래서일까? 실직하거나 정년퇴직을 맞이한 사람들이 극심한 상실감을 느끼고 삶의 균형을 잃는 경우가 많은 걸 보면, 직업은 우리의 삶과 깊이 연결되어 있음을 깨닫는다.

한 연구에 따르면, 6개월 이상 실업 상태에 놓이면 담배를 하루에

20갑 피우는 것과 같은 심각한 건강상의 악영향을 겪는다. 혈압이 오르거나 심장병, 당뇨, 암 등의 발병 위험이 크게 높아지고, 자살 위험은 무려 40배나 높아진다고 하니, 직업은 생계 이상의 의미를 지닌다는 사실이 확연하다.

삶의 목적을 묻다

그렇다면 우리는 하늘이 내려준 이 배역을 제대로 소화하고 있을까? 아니면 그저 하루하루 떠밀려 가듯 살아가고 있는 걸까? 죽음이라는 인생의 종착역을 향해 걸어가면서, 우리는 과연 후회 없는 삶을 살고 있는지 스스로 물어봐야 한다. 진정 내가 원하는 일을 찾았고, 그 일에 몰입하고 있는가?

레오나르도 다빈치는 "오늘을 알차게 보내면 밤에 편히 잠들 수 있고, 주어진 삶을 알차게 보내면 행복한 죽음을 맞이할 수 있다"고 했다. 우리는 태어날 때부터 각자의 역할이 있다고 믿는다. 하지만 그 배역을 끝내 찾지 못하고 무의미하게 시간을 흘려보내는 이도 적지 않다.

죽음과 몰입의 힘

심각한 장애를 안고 태어났거나 견디기 어려운 시련을 겪을 때,

많은 사람이 그제야 자신의 배역을 깨닫곤 한다. 록펠러는 시한부 선고를 받은 후에야 남을 돕는 삶을 통해 새로운 배역을 찾았고, 스티브 잡스도 췌장암 판정 이후 자기 일에 더욱 몰입하며 인생의 목적을 짚었다.

사람은 죽음이라는 절박함 앞에서 욕심을 내려놓는 순간, 진정으로 하고 싶은 일을 발견해 몰입하게 된다. 하루를 바쁘게 보내고 잠자리에 들 때 느껴지는 뿌듯함과 행복은, '오늘 내가 맡은 배역을 충실히 해냈다'는 자각에서 오는 것이 아닐까?

나만의 배역을 찾아서

반드시 거창할 필요는 없다. 내가 진정 좋아하는 일을 찾고, 그 일을 통해 나뿐 아니라 세상에도 작은 보탬이 된다면, 그것으로 충분하다. 그렇게 하루를 의미 있게 보내다 보면, 직업이 단순한 돈벌이가 아니라 '하늘이 맡긴 소중한 배역'임을 깨닫게 될 것이다.

내 인생이라는 무대 위에서 내가 맡은 배역이 무엇이고, 그 역할을 즐기며 살고 있는지 한 번 생각해 보면 어떨까?

사는 게 힘들다고 느낄 때

살다 보면 버거울 때가 있다. 하루에도 몇 번씩 답답하고 어깨가 무거워진다. 그럴 땐 잠시 멈춰 서서 자문해보자. 왜 이리 힘들까? 남과 견줘 사느라 그런 건 아닌지 돌아볼 필요가 있다.

사람들이 대개 잊고 사는 게 있다. 내가 다른 사람을 부러워할 때 또 다른 사람은 나를 보며 부러워한다는 사실을. 인간의 한없는 욕심이 시선을 위로만 향하게 하여 비교와 부러움을 멈추지 못하게 한다. 이미 충분히 누리고 있음에도 불구하고 말이다.

스티븐 호킹은 옥스퍼드대학교를 수석으로 졸업하고, 케임브리지대학원에 진학한 촉망받는 청년이었다. 그런데 스물한 살에 루게릭병(ALS) 진단을 받고 얼마 못 산다는 판정을 받았다. 시간이 흐를수록 몸은 움직이지 못하게 되고, 목소리도 잃었다. 거기에 교통사고로 팔다리가 부러지고 머리까지 크게 다쳤으니, 그 절망감이야 말해 무엇하겠는가.

그러나 호킹은 예정된 죽음을 받아들이며 모든 욕심을 내려놓고 결심했다.

"그래, 하고 싶은 일에 몰두하다 가자."

그는 휠체어에 의지한 채 연구를 계속했고, 인류 역사에 길이 남을 과학자가 되었다. 호킹은 말한다.

"생각대로 살지 않으면, 사는 대로 생각하게 된다."

우리의 삶은 우리가 선택한 생각에 따라 바뀐다. 환경이 우리의 발을 붙잡고 있는 것처럼 보여도, 그 안에서 새로운 가능성을 찾는 힘은 온전히 자기 자신에게 달렸다.

'역경'을 거꾸로 읽으면 '경력'이 된다. 꼭 위대한 과학자가 아니더라도, 우리 각자는 역경을 극복하며 인생의 경력을 쌓는다. 힘든 시련은 결국 우리를 단련시키고, 더 나은 내일로 나아가게 하는 디딤돌이 된다.

삶이 힘들 때는 잠시 멈춰 서서 생각하자. 왜 이리 힘든가? 원인을 찾아 삶을 다른 관점으로 돌아보면 더 힘들지 않아도 된다. 오늘 하루는 근심에 휩싸여 보내버리기에는 너무 아까운 시간이다. 근심을 내려놓는 것도 자주 하다 보면 습관이 든다.

오늘은 특별한 하루다. 따뜻한 생각과 긍정적인 태도로 채워보자. 어려운 시절은 당신을 더욱 단단하게 만들 것이다. 삶은 언제나 우리에게 기회를 준다. 다만, 그 기회를 발견하려는 마음을 준비하는 건 각자의 몫이다.

재능이 없다고
말하는 사람들은
대부분 뭔가를
별로 시도해본 적이 없는
사람들이다.

- 앤드류 매튜스 -

02

즐겁게 일하는 법
: 과정에 집중하면 일도 즐거워진다

일을 놀이처럼 할 수 있을까

우리는 깨어 있는 시간 대부분을 일하면서 보낸다. 만약 그 일이 놀이처럼 즐거워진다면, 인생이 얼마나 달라질까? 실제로 주변을 살펴보면 일에 완전히 몰입해 놀이하듯 즐기는 사람들을 발견할 수 있다. 마치 아이가 놀이터에서 시간 가는 줄 모르고 뛰노는 것처럼. 그들의 모습을 보면 부럽고, 동시에 감탄스럽다.

하지만 일을 이렇게 즐긴다는 것이 쉬운 일은 아니다. 심리학적으로 '놀이'와 '일'은 다른 영역이기 때문이다. 놀이는 결과보다 과정 그 자체에 의의를 두고, 자유롭고 창의적인 즐거움을 느끼게 해준다. 반면, 일에는 성과와 효율에 대한 평가가 따른다. 그래서 일을 놀이처럼 받아들이는 건 말처럼 간단하지가 않다.

일을 놀이처럼 만드는 첫걸음

그렇다면 그 간격을 조금이라도 메울 방법은 없을까? 그 시작이 '결과 집착에서 벗어나 과정의 의미를 찾는 것'이 될 것이다. 동료들과 일하며 웃고, 사소한 성취에 감사하고, 하는 일 자체를 조금 가볍게 받아들이려는 노력이 필요하다.

심리학자 칙센트미하이에 따르면, 몰입 상태에 있을 때 사람들은 일을 놀이처럼 즐길 수 있으며, 일에 몰입할 수 있으려면 과제 수준과 자신의 능력이 적절히 균형을 이루고, 그 안에서 스스로 의미를 발견해야 한다.

작은 변화에서 시작하기

사실, 모든 일을 놀이처럼 만들기는 어렵다. 그러나 작은 변화부터 시작할 수 있다. 예를 들어 오늘은 결과가 아닌 과정에 집중해보자. 지금 하는 일이 '왜 필요한지, 무엇을 배우고 성장시킬 수 있는지'를 떠올려 보고, 동료들과 더 많이 소통해보자. 연구에 따르면, 직장 동료와의 긍정적 상호 작용은 스트레스를 줄이고 몰입 상태를 촉진하는 데 도움이 된다.

삶의 태도가 바뀌면 일이 바뀐다

일을 놀이처럼 즐기려면 '내적 동기' 가 중요하다. 단순히 생계나 의무로만 여기지 않고, 자기 표현과 성장을 위한 무대로 받아들이는 것이다. 데시와 라이언의 '자기 결정 이론' 에 따르면, 인간은 자율성, 관계성, 효능감이라는 세 가지 조건을 충족할 때 더 큰 만족을 느낀다. 이 세 요소 중 하나라도 일에서 찾을 수 있다면, 우리는 좀 더 즐거운 마음으로 일에 몰입할 수 있다.

오늘 하루는 놀이처럼

오늘 당장 작은 시도라도 해보자. 일을 마치 놀이처럼 해보는 것이다. 결과보다는 과정에 집중하고, 마음의 짐을 조금 덜어내는 것만으로도 일상이 달라질 수 있다.

날씨가 덥고 후덥지근할 때는 쉽게 지칠 수 있다. 이럴 때일수록 긍정적인 생각으로 마음을 채워보자. 오늘 하루를 설렘 가득한 '놀이' 처럼 시작한다면, '일' 이라는 단어도 한결 가볍게 느껴질지 모른다.

우리에게는

단지 우리를 위해 일하는

세 명의 사람들보다

차라리 우리와 함께 일하는

한 명의 사람이 낫다.

-J. 대브니 데이 -

03

진정으로 성공하는 길
: 실패할 용기가 없다면 성공할 기회도 없다

성공, 은퇴 후에도 빛나는 삶의 의미

누구나 성공을 꿈꾸지만, 성공의 의미를 물으면 저마다 답이 다르다. 부와 승진, 명성과 같은 '외적 성취'만으로 과연 충분할까? 성공했다는 사람 중에도 진정으로 행복한 이는 그다지 많지 않다. 뜻밖이라고 한다면, 어쩌면 우리는 성공의 본질을 놓치고 있는지도 모른다.

다른 각도에서 본 성공

미국에서 사회적으로 성공했다는 사람 4만 5,000명을 20년간 추적한 연구가 있다. 높은 지위와 경력을 지닌 이들일수록 은퇴 후 우울증 발병 확률이 9배나 높았고, 심장 질환으로 사망할 확률도 4배

가량 높았다는 결과가 나왔다.

이들은 은퇴 후에도 과거의 영광에만 머문 채로 새로운 역할을 찾지 못했다. 화려한 경력이 오히려 짐이 되었고, 소속감을 잃은 이들의 상실감은 더욱 커졌다. 이 연구는 우리에게 진정한 성공이 단지 외적 성취만이 아니라, 은퇴 이후에도 삶의 의미를 꾸준히 발견할 수 있는 내적 안정과 관계에 달려 있음을 보여준다.

행복의 비밀 : 관계와 몰입

심리학자 마틴 셀리그먼은 행복을 구성하는 요소로 긍정적 감정, 몰입, 관계, 의미, 성취 이렇게 다섯 가지를 이야기한다. 이 중에서도 의미와 관계는 행복의 핵심 요건이다.

하버드대학교에서 75년간 진행된 성인 발달 연구도 이를 확인시켜 준다. 사람을 행복하고 건강하게 만드는 데 가장 중요한 요소는 **돈이나 명성이 아니라, 가족·친구·이웃과의 따뜻한 관계였다.** 은퇴 후 삶에서는 이러한 관계가 더 큰 위로와 원동력이 되며 은퇴 후에도 삶의 질을 유지하기 위해서는 지금부터 관계를 가꾸고 삶의 의미를 찾아야 한다는 뜻이다.

은퇴 후에도 완성되는 성공

인생은 퇴직으로 끝나지 않는다. 그 이후에도 긴 여정이 기다린다. 그런데 우리가 흔히 말하는 성공의 기준은 은퇴 후와 잘 연결되지 않는 경우가 많다. 사회적 지위나 물질적 업적은 퇴직과 함께 사라지지만, 의미 있는 삶과 따뜻한 인간관계는 우리를 끝까지 지탱해준다.

심리학자 알프레드 아들러는 **"비교는 인간을 병들게 한다"**고 말한다. 타인과 끊임없이 비교하는 것은 결코 행복을 가져다주지 않는다. 성공은 남보다 높아지는 데 있지 않고, 스스로 삶에서 진정한 의미를 찾는 과정이어야 한다.

삶을 다시 바라보기

이제 성공과 행복의 정의를 새롭게 해보면 어떨까? 우리의 인생은 60세에서 멈추지 않는다. 80세, 90세 혹은 100세까지 살아갈 수 있다. 성공이란 지금 눈앞의 목표를 이루는 데서 끝나는 게 아니라, 은퇴 후에도 자아 만족을 느낄 수 있는 삶의 의미를 만들어가는 과정이다.

진정한 성공은 하루하루를 소중히 여기고, 사소한 일에도 몰입하며, 주변 사람들과 따뜻한 관계를 갖는 데 있다. 성공은 외적인 도달점에서 시작되는 게 아니라, 내면의 안정과 균형에서 비롯한다.

오늘부터 시작하는 진정한 성공

시간은 한정된 자원이다. 1분 1초라도 아껴 쓰고, 은퇴 후까지 이어지는 성공과 행복을 준비하자. 자신을 돌아보고, 인생의 의미를 재발견해보는 건 어떨까?

성공은 단지 결과물이 아니라, 지금 여기에서 스스로 행복을 만들어가는 과정에서 완성된다. 은퇴 후에도 빛나는 성공과 행복을 위해 오늘을 살자. 우리에게 주어진 인생은 지금 여기에서도 충분히 아름답다.

성공은 영원하지 않고,
실패는 종말이 아니다.
중요한 것은
계속하는 용기다.

- 윈스턴 S. 처칠 -

인생의 후반전 준비하기
: 중요한 것은 나이가 아니라 태도다

40대 이후, 나를 위한 새로운 시작

나의 40대는 정말 숨 가쁘게 흘러갔다. 직장에서 언제나 최고의 성과를 내고 싶었고, 눈앞의 결과에만 매달리며 살았다. 일에 빠져 지내느라 삶을 되돌아볼 틈도 없었다. 그때는 그것이 나의 책무이며 정해진 길이라 믿었지만, 문득 '이 길 끝에 무엇이 있을까?' 라고 자문하게 되고, 그제야 진정한 나 자신에게 질문하기 시작했다.

사회심리학은 개인의 행동이 사회적 환경과 주변의 기대에 얼마나 큰 영향을 받는지 강조한다. 직장에서의 성취와 성공은 때로 사회적 지위와 자아존중감을 결정짓는 중요한 요인이 된다. 하지만 외부의 인정만 바라다보면, 자신의 내면이 원하는 바를 잃어버리게 된다. 나도 한때는 직장이라는 틀 안에서 외적 성공만 갈망했지만 그 끝에 남은 것은 공허함과 회의감뿐이었다.

작은 깨달음, 큰 변화

40대가 내게 준 가장 큰 배움은 '일과 삶의 균형' 이라는 말이 단순한 유행어가 아니라는 사실이었다. 회사 하나만 바라보며 전력을 다했던 시간 뒤에는 성취감보다는 허무함이 남았다.

"일은 중요하지만, 인생은 그것만으로 채워지지 않는다"는 말이 새삼 깊은 울림으로 다가왔다.

'자기 결정 이론'에서 말하는 자율성, 효능감, 관계성은 행복과 동기부여에 필수 요소다. 깨달음이 늦었지만, 중요한 건 늦었다고 여기지 않고 어떻게 실천하느냐다.

퇴직 이후의 삶은 생각보다 길다. 그 시간 동안 나는 무엇을 하며, 어떻게 살 것인가? 스스로 던진 이 질문들이 나를 움직이게 했다. 진정으로 하고 싶은 일을 탐색하기 시작했다. 과정은 쉽지 않았지만 조금씩 해볼 만한 일을 찾아보았다. 내게 의미가 있는 일, 다른 이들에게도 도움이 되는 일, 그리고 나를 발전시켜 줄 일을 고민하면서.

그러다 '자기 목적적 자아' 라는 개념을 알게 되었다. 단지 돈을 벌거나 사회적 기대에 부응하려는 삶이 아니라, 내가 스스로 정한 목적에 따라 사는 자아를 가리키는 말이다. 그 목적을 찾고 나니, 하루하루가 그 전과는 달라졌다. 모든 일이 집중과 즐거움의 대상이 되었다.

무엇보다 삶의 균형 개념을 다시 세우게 되었다. 돈을 버는 일만이 아니라, 봉사나 가족과의 시간, 배우고 즐기는 활동 같은 것들도 하루를 구성하는 중요한 부분이 되었다. 내가 좋아하는 일을 찾는 가운데 생겨난 새 목표는, 생존을 넘어 인생을 온전히 누리며 살고 싶다는 것이었다.

지금 뒤돌아보면, 40대에 이런 깨달음을 얻은 게 늦지 않았음을 알게 된다. 사회심리학자들은 끊임없이 변하는 환경 속에서 자아가 형성된다고 강조한다. 나 또한 그 환경 속에서 새로운 나를 발견하고 있다. 이제부터라도 삶의 균형을 맞추고, 내 길을 찾아가면 된다는 사실이 힘이 된다. 하루하루의 작은 선택들이 모여 새로운 내 인생을 만들어낼 거니까.

나는 여전히 내 삶의 목적을 찾아가는 중이고, 그 여정이 내게 가장 큰 행복이다. 당신의 40대와 이후 시절도 이처럼 빛나기를 진심으로 바란다.

행복한 노후를 위한 열쇠

찰스 다윈은 "가장 강하거나 가장 영리한 종이 살아남는 게 아니라, 변화에 가장 민감하게 반응하는 종이 살아남는다"고 했다. 이 말은 우리 인생에 커다란 깨달음을 준다. 특히 50대는 인생의 새 출발을 준비하기에 매우 알맞은 시기일 수 있다. 그 시간을 단순히 **'나이가 들어가는 과정'** 이라기보다 **'두 번째 인생을 여는 계기'** 로 삼아보는 건 어떨까?

50대에는 신체적·정신적 변화가 오기 마련이고, 때로 두려움을 느끼기도 한다. 하지만 변화를 무조건 피하기보다는 용기를 갖고 새로운 가능성을 받아들이는 자세가 필요하다. 낯선 환경에 뛰어들어 새로운 기술을 배우는 일은 자신감을 얻는 최고의 방법이다. 배우고 성장하려는 태도는 노년을 더욱 풍요롭고 활기차게 만든다.

현재에 충실하기

행복한 노후를 위해 놓쳐서는 안 될 또 하나의 열쇠는 바로 '현재에 몰입하는 태도'다. 70대, 80대가 되어서 지난날을 후회하지 않으려면, 지금 여기서부터 의미 있는 일상을 만들어야 한다. 과거를 되돌아보며 아쉬워하거나, 오지 않은 미래를 걱정하기보다 오늘의 소소한 행복을 찾아보고, 지금 하는 일에 온전히 몰입할 필요가 있다.

건강 관리

노년의 삶의 질을 좌우하는 핵심 요소 중 하나가 건강이다. 규칙적인 운동, 균형 잡힌 식습관, 정기적인 건강검진 등은 기본이다. 명상이나 요가 같은 활동으로 정신적 안정을 유지하는 것도 큰 도움이 된다. 건강한 신체와 마음은 노년의 삶을 훨씬 풍요롭게 해준다.

관계 맺기

퇴직 후 사회적 고립감은 건강에 악영향을 줄 수 있다. 지인들과의 관계를 지속하고 새로운 사람들과 교류하려는 노력이 필요하다. 동호회나 봉사 활동, 지역 모임 등에 적극적으로 참여하면 활력을 더할 수 있다. 이는 단순한 외로움 해소 이상으로, 삶의 의미를 더해주는 계기가 된다.

경제적 준비

경제적 대비는 노후 설계의 중요한 영역이다. 은퇴 후 안정적 수

입을 위해 연금이나 저축 상태를 꼼꼼히 살펴보고, 필요하다면 추가적인 수익 창출 방안을 찾아볼 수도 있다. 자신의 경험과 지혜를 살린 창업도 한 방법이다. 시장조사, 자금 관리, 구체적인 사업 계획은 필수다.

생각보다 늦지 않은 시작

50대 이후 창업을 통해 성공을 거둔 사례는 우리에게 용기를 준다. 국내에서는 김의중 대표가 스타벅스코리아를 세워 커피 문화에 혁신을 일으켰고, KFC의 창업자 할랜드 샌더스는 65세에 창업해 세계적인 브랜드를 일궜다. 에버영코리아의 박병호 대표는 시니어만 채용하는 독창적인 모델로 주목받는다. 모두가 '나이는 숫자에 불과하다'는 말을 온몸으로 증명해주는 사례다.

50대는 새로운 인생의 장을 열기에 최적의 타이밍이다. 끊임없이 배우고 변화를 수용하며, 오늘 하루를 충실히 사는 태도가 노년의 시간을 더욱 빛나게 해준다. 이 시기를 단순히 세월이 흐르는 대로 보낼 게 아니라, '이제부터가 진짜 시작'이라는 마음으로 다시 설계해보자. 노년은 그저 흘러가는 시간이 아니라, 찬란하게 펼쳐질 당신의 새로운 전성기가 될 수 있다.

나이는 숫자일 뿐, 배움에는 끝이 없다

"중년이 배움에 최적기라고?" 물론 의문을 품을 수도 있지만 40대, 50대야말로 이미 인생 경험과 통찰력을 갖춘 시기라, 오히려 배우고 성장하는 데는 안성맞춤이다. 이 시기의 배움이 특별한 이유를 생물학, 사회, 교육, 철학 등 다양한 관점에서 짚어보자.

40~50대가 되면 단기 기억력이 감소하고 새로운 것을 익히는 데 시간이 더 걸린다. 그러나 이는 학습에 큰 지장을 주지 않는다. 경험과 지식이 축적되어 있으니 오히려 문제 해결과 창의적 사고 능력이 발달한다. 이는 단순한 정보 습득과는 차원이 다른 영역이다. 생리적으로 봐도 새로운 기술을 익히거나 새로운 취미에 도전해 두뇌의 신경가소성을 자극하면 뇌 건강에도 좋다는 사실이 여러 연구에서 확인되었다.

심리학적 관점에서 중년기는 삶의 의미를 깊이 파고들며 '내가 정말 원하는 건 무엇인가'를 고민하는 시기다. 그 고민이 학습 동기를 더 높이고, 배움 자체를 의미 있는 작업으로 만든다. 젊은 시절의 공부가 '외적 성취'를 노리는 경향이 강했다면, 중년기의 학습은 '자기 성찰과 실질적인 문제 해결'과 맞닿아 있어 삶의 질 자체를 높여준다.

교육학적으로도, 40~50대는 풍부한 경력을 바탕으로 실제적인 문제 해결력을 이미 갖추고 있다. 이 시기에 배움은 지식 습득을 넘어 실제 삶과 연결돼 더 큰 가치를 만들어낸다. 예를 들어 외국어를 배울 때, 청년층이 시험 점수에 집중한다면 중년층은 문화 이해와 소통이라는 목적을 더 크게 여긴다. 이는 단순히 어학 능력 향상을 넘어 인생 전반을 풍요롭게 하는 계기가 된다.

철학적 시각으로 봐도, 40~50대의 배움은 단지 지식 축적이 아니라 지혜를 향해 나아가는 과정이라 할 수 있다. 카를 구스타프 융은 중년기를 개인의 통합기로 보았는데, 이 시기의 학습은 삶의 의미를 찾고 자신과 세계를 깊이 이해하게 만드는 도구가 될 수 있다.

그러니 나이가 많다고 해서 배움이 늦는 일은 없다. 생리적 변화는 역설적으로 창의적 문제 해결 능력을 높이고, 성숙해진 심리는 학습 동기를 높이며, 풍부한 경험은 배움을 더욱 깊고 의미 있게 한다. 철학적으로도 중년기의 배움은 기술 습득을 넘어 삶의 본질을 탐구하는 길이다.

지금이라도 배움을 시작해보자. 나이는 그저 숫자일 뿐이다. 하루하루가 새로운 배움의 기회이고, 그것이 바로 우리 삶을 더 풍요롭게 만드는 길이다.

손끝에서 피어나는 퇴직 후의 경쟁력

퇴직은 끝이 아니라 새로운 문으로 이어지는 과정이다. 직장에서 쌓아온 경력은 소중하지만, 퇴직 후에는 또 다른 준비가 필요하다. 특히 직장 내 지위와 역할이 사라진 자리에서 가장 빛을 발하는 건 **'스스로 하는 힘'**이다.

고위직 관료 퇴직자가 오랜 세월 결재와 지시로 시간을 보낸 뒤에는 정작 실무 감각이 사라졌다. 그러다 보니 재취업 시장의 높은 문턱을 실감하게 된다. 반면, 다른 사람은 달랐다. 그는 은퇴 직전까지도 현장에서 직접 일하고 문제 해결에 참여했다.

IT 시스템 관리 업무를 이어간 덕분에, 퇴직 후에도 코드를 다루고 데이터를 분석할 수 있어 작지만 알찬 컨설팅 회사를 창업했다. 그는 "퇴직 후에도 내가 직접 할 수 있는 일이 있다는 사실 자체가 가장 큰 자산"이라고 한다.

퇴직 후 경쟁력은 **'내 손으로 무엇을 할 수 있는가?'**라는 질문에서 출발한다. 직장에서 쌓은 기술과 경험과 지식은 물론, 가정에서 스스로 일을 해결해 나가는 능력까지 포함된다. 빨래나 요리, 청소 같은 사소한 일까지도 퇴직 후에는 귀중한 훈련 거리다. 배우자나 자녀에 의지하지 않고 스스로 돌보는 힘은 자존감을 높이고 삶에 활기를 불어넣는다.

이는 단순히 실용적인 이유만이 아니라, 인문학적으로도 큰 의미가 있다. 스스로 일을 해내는 과정은 자기 존재의 의미를 재발견하는 길이기 때문이다. 임마누엘 칸트는 "인간은 자율적 존재로서 자신의 의지로 행동할 때 가장 가치 있다"고 말한다. 퇴직 후야말로 그러한 자율성을 마음껏 발휘할 수 있는 시기다.

결재자에서 몸을 써서 일하는 사람으로 : 이 변화가 퇴직 후 새 삶을 건설하는 핵심이다. 직접 두 손을 움직이고 머리를 써서 문제를 해결하는 실무 능력은 재취업이나 창업 시에도 유리하다. 퇴직 전부터 실무 감각을 키우고 자기계발을 게을리하지 않는다면, 은퇴 후에도 충분히 도전장을 내밀 수 있다.

가정에서도 마찬가지다. 스스로 음식을 요리하거나 집도 수리해 보면서, '나는 아직 쓸모 있는 사람' 이라고 다짐하자. 그 작은 자신감이 퇴직 이후 인생을 크게 바꿀 수 있다. 직장과 가정에서 쌓은 모든 경험은 그 시점만을 위한 게 아니라, 퇴직 후 새로운 길을 닦아나가는 자산이다. 퇴직은 새 출발이다. 익숙함을 떠나 내 손으로 또 다른 인생을 열어가는 모험이다. 매사 스스로 해내는 습관을 들이면, 퇴직 후 삶도 충분히 의미 있고 즐거워질 수 있다.

긍정적인 태도를
유지하는 것이
최고의 성공 전략이다.

- 잭 캔필드 -

열정으로 피워내는 인생 2막
: 열정이 식으면 삶도 멈춘다

50세 이후, 열정으로 빛나는 인생 후반

　　50세 이후의 인생은 결코 마침표가 아니다. 오히려 쉼표라고 할까. 그동안 쌓아온 경험을 바탕으로, 우리에겐 새로운 이야기를 써내려갈 시간이 주어진다. 이때 가장 중요한 것은 바로 열정이다. 열정은 단순히 '열심히 하겠다'라는 의지 표명을 넘어, 삶을 빛나게 하고 세상을 새롭게 바라보게 하는 에너지다.

열정이 몸을 깨운다

　　나이가 들수록 몸은 쇠퇴하지만, 열정이 있으면 이 과정을 적극적으로 역전시킬 수 있다. 열정은 뇌와 몸에 긍정 신호를 보내 도파민, 엔도르핀 같은 활력 호르몬을 분비하도록 한다. 실례로 그랜드마 모지스(애나 메리 로버트슨)는 관절염 진단을 받았음에도 75세에 붓을 잡았고, 101세까지 1,600점이 넘는 작품을 남겼다. 열정은 강력한 생리적 촉진제라 할 수 있다.

열정이 관계를 풍성하게 한다

열정은 사람과 사람을 잇는 다리가 되기도 한다. 열정적으로 사는 사람 주변엔 긍정적 에너지가 맴돌고, 그것이 다시 관심과 응원을 불러온다.

작가 도리스 레싱은 50대 후반에 문학적 재능을 폭발시키며 많은 독자에게 감동을 주었다. 88세에 노벨 문학상을 받은 그녀의 사례는, 열정이 나이와 상관없이 새로운 인연과 관계를 만들어 낸다는 걸 보여준다.

열정이 삶의 의미를 찾게 한다

열정은 인간 존재의 본질이다. 우리는 열정을 통해 삶의 의미를 발견하고, 그것을 자기 것으로 만들어가는 과정을 경험한다. 어떤 일에 깊이 몰입할 때, 우리는 단순히 **'시간을 소비하는 게 아니라 스스로 이야기를 창조한다'** 는 사실을 깨닫는다.

철학자 칸트는 "열정은 인간이 자신의 한계를 뛰어넘을 수 있게 해주는 유일한 도구"라며, 80세에도 저술 활동을 멈추지 않았다. 열정이야말로 시간을 초월하는 힘이다.

열정이 고통을 의미로 바꾼다

인생은 고통스럽다. 때로는 열정이 고통을 견디게 만든다. 베토벤은 청력을 완전히 상실한 뒤에도 작곡을 멈추지 않았고, 이를 '신이 내린 새로운 도전'으로 받아들였다. 그리고 그 절망 속에서 〈합창 교향곡〉이라는 불후의 명곡을 탄생시켰다. 열정은 단지 고통을 버티는 것을 넘어, 그 고통을 의미 있는 경험으로 승화시키는 힘이다.

열정으로 빚어내는 인생 2막

50 이후의 삶은 나이를 이유로 움츠러드는 시기가 아니라, 오히려 식어 있던 열정을 깨울 때다. 어떤 이는 새 취미를, 어떤 이는 경력을 활용한 또 다른 목표를 설정할 수 있다.

무슨 일을 하든 열정을 동력 삼은 삶의 태도는 경제적 성취뿐 아니라 사회적으로도 드높은 성취로 긍정적 파장을 일으킬 것이다.

새로운 방향으로 나아가기

열정은 누구에게나 잠재한다. 중요한 건 그것을 찾아 일상 속
에서 키워나가는 것이다. 새로운 일에 뛰어들거나 오래된 꿈을
되살리며 삶을 생기로 채워보자. 오늘이 바로 인생의 새 막을 여
는 그날이다.

품은 열정을 발산하면 인생은 한층 더 다채로워진다. 50 이후
의 시간은 끝이 아니라, 더 깊어지고 풍성해지는 이야기의 한 장
면일 뿐이다.

열정을 잃지 않는 법

실패와 좌절은 때때로 그림자처럼 우리 곁을 맴돌며, 하루에도
몇 번이나 무너질 듯한 순간이 온다. '이쯤에서 그만둘까' 하는 생
각이 들 때도 있다. 그럴 때마다 조용히 말한다.

**"나는 신이 만든 특별한 존재야. 이 시련은 내가 더 단단해질 기회
로 온 거야."**

이런 믿음은 자존감을 지켜주고, 살아갈 용기를 북돋는다. 역경
을 계기로 삼을 수 있는 이유는 간단하다. 고통이 우리를 성장시키

는 길이라는 사실을 알기 때문이다. 물론 쉽지는 않다. 하지만 열정을 지키려는 노력이 무너진 자신감을 다시 일으켜 세운다.

아침마다 거울 앞에 서서 자신에게 말한다.

"오늘도 잘 해낼 거야. 어떤 어려움도 이겨낼 수 있는 강한 사람이지."

이 작은 습관은 하루를 열정적 기운으로 가득 채우는 연료가 된다. 자기 자신을 격려하는 것은 열정을 지키는 첫걸음이다.

실패나 좌절에 맞닥뜨렸을 때, 이 상황에서 내가 배울 수 있는 건 뭘까, 물어본다. 그 답을 찾으려 애쓰는 동안 마음의 무거움은 어느새 가벼워지고, 새로운 가능성이 보이기 시작한다. 결국, 시련은 나를 성장시키는 동력이자 미지의 길을 안내해주는 이정표라는 걸 깨닫는다.

사소한 성취도 큰 변화를 일으킬 수 있다. 작은 목표를 정하고, 그걸 달성하면 스스로 칭찬한다.

예를 들어, 일과를 무사히 마쳤을 때 "오늘도 해냈어! 정말 잘했어!"라고 속삭인다. 이런 작은 성공이 쌓이면 더 큰 도전을 향한 용기도 생겨난다.

무엇보다 몸과 마음을 돌보는 일이 중요하다. 아침에 가볍게 운동을 하면 신선한 공기와 새소리가 "잘하고 있어"라고 말해 주는 듯

하다. 이렇게 하루를 시작하면, 내면 깊은 곳에서 열정이 샘솟는다.

주변 환경도 열정에 영향을 준다. 그러므로 열정 넘치는 사람들과 함께한다. 그들의 긍정 에너지가 내 열정을 키워주고, 내 열정도 그들에게 퍼진다. 열정은 서로에게 전파되는 강력한 힘이 있다.

평범한 일도 의미를 부여하면 열정을 잃지 않게 된다. '내가 하는 이 일이 누군가의 인생에 작은 변화를 줄 수도 있지 않을까' 하는 생각만으로도 삶은 더 빛난다. 심리학자들은 우리가 하는 일에 가치와 의의를 느낄 때 더 오래 열정을 유지할 수 있다고 말한다.

열정은 쉽게 타오르지만 이어가기는 어려운 법이다. 그러나 포기하지 않는다면, 그것을 진정한 삶의 에너지로 삼을 수 있다. 그리고 매일 '나는 내가 꿈꾸는 삶을 향해 나아가고 있다' 는 확신이 떠오를 때, 그 믿음이야말로 앞으로 나아가게 하고 열정을 지켜주는 동력이 된다.

세상이 아무리 복잡하고 힘들어도, 그 모든 걸 이겨낼 힘은 우리 안에 있다. 스스로에 대한 믿음이 중요하다. 나는 세상에 하나뿐인, 특별한 존재다. 그 사실만으로도 충분히 소중한 사람이다.

당신의 자녀에게
오직 단 하나의
재능만을 줄 수 있다면
열정을 주어라.

- 브루스 바튼 -

만약 세포들이 우리의 감정을 속속들이 파악하고 있다면, 어떤 마음가짐으로 살아야 할까? 아마도 낙천적이고 긍정적인 마음, 그리고 남을 돕는 따뜻한 태도를 지니는 일이 중요해보인다. 부정적이고 비관적인 생각은 몸을 경직시키고, 세포를 불안하게 만든다. 그러나 희망과 밝은 에너지는 세포들을 건강하고 활기차게 한다.

4장

자연과 함께하는 삶

01

자연이 주는 치유의 힘
: 인간은 자연 속에서 비로소 건강해진다

삶의 선물, 장수 마을에서 배운 행복의 비밀

우리나라 평균 수명은 이제 83세를 넘어섰다. 남성은 80세, 여성은 86세다. 하지만 단순히 오래 사는 것을 넘어 **어떻게 건강하고 행복하게 살 것인가**가 더 중요한 과제로 떠올랐다.

조지아 캅카스, 이탈리아 사르데냐, 일본 오키나와, 전라북도 순창… 세계적으로 유명한 '장수 마을'이다. 인구 10만 명당 100세 이상 인구가 무려 30명에 달할 정도로 장수 비율이 높다. 과연 그 비결은 뭘까?

소박한 식단과 발효 음식

장수 마을 사람들은 주로 채소와 발효 음식을 즐기는데, 이는 체내 노폐물을 배출하고 혈액 순환을 돕는다. 우리의 김치, 된장, 나물 음식이 보물 같은 건강 식단일 수 있다는 얘기다. 오늘부터 더 자주 채소와 발효 음식을 챙겨 보면 어떨까?

맑은 물의 힘

맑은 물은 갈증을 해소해주는 음료 이상의 존재다. 최고의 해독제이자 피로 해소제로, 깨끗한 공기와 함께 몸을 맑게 정화한다. 빡빡한 일상 속에서도 잠깐 자연을 거닐거나 시원한 물 한 잔을 천천히 음미해보면 자기 돌봄을 실천할 수 있다.

적당한 움직임과 절제

장수 마을 사람들의 공통점은 적게 먹어 몸을 가볍게 유지한다는 점이다. 소식(小食)이 건강에 좋다는 것을 증명한다. 또 이들은 일상에서 끊임없이 몸을 움직인다. 소비와 욕망에서 벗어나 절제와 소박함을 즐기며 균형을 찾는 모습이 인상적이다. 일상을 단순화하면서 얻는 행복을 우리도 누려보자.

이웃과의 따뜻한 관계

무엇보다 이들은 서로 돕고 함께하는 공동체 문화를 중시한다. 현대 사회에서 놓치기 쉬운 이웃과의 연대감을 회복한다면 우리의 마음 건강도 훨씬 튼튼해질 것이다. 자원봉사 활동이 치유 효과를 낸다는 사례는 이를 잘 보여준다. 작은 도움도 결국 내게도 큰 행복으로 돌아온다.

긍정과 감사의 태도

몸이 우리의 생각을 읽는다. 긍정적인 마음은 몸을 건강하게 하고, 부정적인 마음은 병을 만들어 낸다. 아침마다 '또 오늘 하루를 주셔서 감사하다' 고, 저녁마다 '또 오늘 하루를 잘 살아내서 감사하다' 고 기도하는 건 어떨까? **감사로 인해 삶이 훨씬 풍요로워질 것이다.**

장수 마을을 지키는 비결은 의외로 소박하지만, 그 속에 인생의 진리가 녹아 있다. 채소와 발효 음식, 자연 속 산책, 이웃과 나누는 한마디 인사 그리고 하루를 긍정과 감사로 채우는 습관이 행복의 씨앗이 될 수 있다. 삶은 선물이다. 오늘, 당신도 그 선물을 멋지게 살려보자. '사랑한다' 는 작은 속삭임 한마디가 내일을 바꿀지도 모른다.

자연은
언제나 우리에게
최고의 위안을 준다.

- 렐프 월도 에머슨 -

02

인간은 물의 존재
: 물은 우리의 마음을 읽는다

물이 우리의 마음을 읽는 법

아침에 일어나 가장 먼저 하는 일은 뭘까? 대개 물 한 잔을 마시거나, 세수로 잠을 깨는 일이다. 우리는 늘 물을 접하지만, 그 소중함을 잊은 채 물은 당연히 있는 것처럼 여긴다.

물은 갈증을 해소하고 몸을 씻는 것만을 넘어, 탁월한 해독제이자 해열제이며, 피로를 풀어주는 훌륭한 약이다. 세계 곳곳 장수 마을을 보면 깨끗한 물이 중요한 역할을 한다. 하지만 우리는 그 고마움을 무심코 지나치는 건 아닌지 돌아보게 된다.

물은 더 신비로운 존재

물은 단순히 H_2O라는 분자가 아니라, 우리의 태도와 감정을 인지하는 듯 행동한다는 점에서 매력적이다. 캐나다의 한 생물학자는 이와 관련해 흥미로운 실험을 진행했다. 보리 씨앗이 심어진 화분 여러 개에 물을 주되, 다른 세 사람이 각자 물병을 30분간 손에 쥔 상태로 가만히 있었다. 한 사람은 자연을 깊이 사랑하는 이였고, 다른 한 사람은 정신질환을 앓고 있었으며, 마지막 사람은 혼란한 마음을 지닌 환자였다.

결과는 놀라웠다. 긍정적인 마음을 가진 이가 쥐고 있던 물이 보리 싹을 가장 건강하고 크게 자라게 했다. 물이 단순한 액체 이상의 존재라는 걸 보여준 것이다. 우리 몸의 70%가 물이라면, 물이 가진 이 '감응력'이 우리 건강과 무관하지 않을 것이다.

오늘부터라도 물에 감사 인사를 건네보는 건 어떨까? 마실 때마다 씻을 때마다 "물아, 고맙다. 네 덕분에 상쾌한 하루를 시작할 수 있어"라고 말이다. 만약 이 말이 물을 더 맑고 고귀하게 만든다면, 그 혜택은 다시 우리의 몸과 마음으로 돌아올 것이다.

날마다 물 한 잔에 감사하며 하루를 마무리해 보는 것도 좋겠다. 물에 속삭이는 사소한 애정 표현이 내일의 행복을 키워줄지 누가 알겠는가?

우리의 몸, 우리의 생각

우리는 몸을 단지 물리적 구조물이라 여길 때가 많다. 하지만 만약 우리 몸이 그저 살과 뼈로만 구성된 존재라면, 왜 감정과 생각이 몸에 그렇게 짙게 새겨지는 걸까? 1998년 미국 국방성의 한 실험은 이 수수께끼에 새삼 놀랄 만한 사실을 보여준다.

감정으로 이어진 세포

과학자들은 실험자의 구강 상피세포를 떼어내 시험관에 담았다. 그리고 실험자 몸과 분리된 세포 각각에 피부 반응 감지기를 부착했다. 실험 대상자가 평온한 영상과 공포 영상을 교차로 볼 때, 분리된 세포가 그 감정에 호응했다. 영상이 평온하면 세포도 잔잔해지고, 공포 영상을 보면 세포도 불안정하게 변했다.

더 흥미로운 건 세포를 20km, 80km 떨어진 곳으로 옮겨도 같은 반응을 보였다는 점이다. 서로 물리적으로 분리된 상태에서도, 마치 본체의 감정을 느끼는 듯 행동했다.

신비로운 연결

이 실험은 우리의 이해를 뛰어넘는 신비를 시사한다. 세포를 이루는 미립자들이 상당한 수준의 지능을 지닌 것처럼 보인다. 양자 물리학은 우주의 모든 피조물이 고도의 지능을 지닌 미립자로 이루어져 있으며, 우리의 생각과 내면을 읽는 힘이 있다고 이야기해왔다. 결국, 우리의 몸과 세포는 그 자체로 경이로운 존재임을 새삼 깨닫는다.

아인슈타인은 "우주에는 완전한 두뇌가 존재한다"고 했다. 우리의 세포가 우리의 생각을 감지하고, 서로 멀리 떨어져 있어도 반응한다는 사실은 단지 과학적인 발견을 넘어 우리에게 중요한 메시지를 준다. 바로, 우리의 생각에 따라 몸이 달라질 수 있다는 가능성이다.

긍정의 힘

만약 세포들이 우리의 감정을 속속들이 파악하고 있다면, 어떤 마음가짐으로 살아야 할까? 아마도 낙천적이고 긍정적인 마음, 그리고 남을 돕는 따뜻한 태도를 지니는 일이 중요해보인다. 부정적이고 비관적인 생각은 몸을 경직시키고, 세포를 불안하게 만든다. 그러나 희망과 밝은 에너지는 세포들을 건강하고 활기차게 한다.

스탠퍼드 의과대학의 연구에 따르면, 질병의 95%가 스트레스와 나쁜 생각에서 비롯된다. 만약 부정적인 생각을 긍정으로 바꿀 수 있다면, 우리의 몸은 스스로 치유의 길을 찾을지도 모르겠다.

오늘 하루 긍정으로 채우기

오늘이 무슨 요일이었던가? 날마다 그날에 의미를 실어 무심코 지나쳤던 우리 마음과 감정을 되돌아보는 건 어떨까? 우리는 늘 생각하는 대로 몸을 움직이고, 그 움직임이 우리의 삶을 이룬다.

조금 더 긍정적이고 감사한 마음으로 하루를 맞이하자. 내 몸과 세포가 어떻게 반응할지 궁금하지 않은가.

60세 이후 삶의 비밀, 건강이라는 선물

태화강 뚝길을 걸었던 첫 날을 회상한다. 몸은 무겁고 마음은 더 무거웠다. 몇 걸음만 걷고도 발바닥이 아파서 헉헉대고, 물집이 잡혀 제대로 움직이기조차 힘들었다. 하지만 포기하지 않았다. 아프면 쉬고, 또 걷기를 반복했다. 2주쯤 지나자 발바닥에 굳은살이 생겼고, 드디어 걷기가 훨씬 편해졌다. 이 과정을 겪고 저는 확신하게 되었다.

"행복의 90%는 건강이고, 60 이후에는 그게 100%다."

내 몸이 선사한 깨우침이다.

50세, 인생의 갈림길

퇴직까지 10년 남았던 50대는 내 인생에서 가장 암울했다. 몸도 마음도 거의 파탄 상태였다. 회사와 술에 의존한 30~40대의 흔적은 비만, 고혈압, 당뇨, 안면백반증 같은 질병으로 이어졌고, 삶엔 허무함만이 남았다. '이대로 가다 죽겠구나' 하는 생각이 들었다. 그러나 그 와중에 내린 결론은 무너진 몸부터 되살려보자는 단순명료한 결심이었다.

작은 변화가 만든 큰 반전

새벽마다 태화강 둑길을 걸었고, 퇴근 후에도 운동화를 신고 밖으로 나갔다. 아침과 저녁 식사는 고구마와 사과로 때우고, 점심 식사만 제대로 챙겼다. 불과 3개월 만에 몸이 극적으로 반응하기 시작했다. 허리는 36인치에서 32인치로, 체중은 85kg에서 75kg으로 줄고, 혈압은 서서히 안정세를 보였다.

급격한 감량은 또 다른 고민을 안겼다. 늘어진 복부 피부였다. 플랭크 운동으로 해결을 시도했다. 처음엔 1분도 버티기 힘들었지만, 어느새 2분, 3분을 넘기고 30분까지 이어졌다. 하루도 빠지지 않고 1년을 꾸준히 해나가자, 뱃살은 탄탄해졌고 몸도 한층 건강해졌다.

건강이 바꾼 내 삶

몸이 좋아지자 삶 전체가 달라졌다. 몸이 가벼워지니 생각이 긍정적으로 변하고, 책과는 거리가 멀던 내가 인문학 서적을 찾아 읽으며 시야를 넓혔다. 결국, 건강은 몸만의 문제가 아니었고, 삶 자체를 변화시키는 원동력이었다.

60 이후, 건강이 전부

나이가 들수록 건강은 더 큰 비중을 차지한다. 특히 60 이후에는 건강이 100%라고 해도 과언이 아니다. 남성 호르몬 감소로 근육이 줄고 면역력도 떨어진다. 근육은 곧 면역력이다. 나는 '근육 연금'이라는 말을 좋아하는데, 50대부터 운동으로 다진 근육이 60대 이후 인생을 지탱하는 자산이 되기 때문이다.

나만의 건강 습관을 만들자

건강은 저절로 오는 선물이 아니라, 스스로 만들어가야 한다. 나는 10년째 매일 아침 홈트레이닝을 하고 있는데, 그 작은 습관이 인생을 뒤바꿨다. 지금이라도 한 걸음 내디뎌 보자. 처음엔 힘들지 몰라도, 시간이 쌓이면 인생 전체가 바뀔 것이다.

물은
만물의 근원이다.
모든 것은
물에서 시작하여
물로 돌아간다.

- 탈레스 -

우리가 모르는 자연의 신비
: 인간이 사는 길은 자연과의 공존이다

비둘기에게 배우는 생존의 기술

공원에 앉아 비둘기들이 떨어진 모이를 쪼는 모습을 바라본다. 그저 새라고 흘려보기엔, 그 작은 움직임에서 왠지 모를 경외심이 핀다.

이 작은 생명체가 전하는 이야기는 놀랍다. 비둘기는 뛰어난 귀소 본능으로 유명하다. 과학자들은 다양한 실험을 진행했다. 진정제를 투여해 비둘기의 의식을 흐릿하게 한 뒤, 밀폐된 상자에 넣어 수백 킬로미터 떨어진 낯선 곳에 풀어놓았다. 그런데도 비둘기는 집으로 무사히 돌아왔다.

여기서 끝이 아니다. 회전 새장에서 분당 90회로 회전시키거나, 후각을 마비시켜도 결과는 마찬가지였다. 비둘기는 또다시 집을 찾아갔다. 과학자들은 의아해했다. 과연 뇌에 저장된 정보 때문일까? 하지만 전혀 새로운 경로였기에 그 설명으로는 부족했다.

결론은 이렇다. 비둘기의 귀소 본능은 비둘기 뇌가 아니라 우주 공간에 저장된 정보, 즉 조상 대대로 축적된 집단기억의 힘이라는 거다. 마치 우주의 미립자에 새겨진 지능(영혼)이 안내라도 하는 듯이 말이다.

2004년 인도양 동남아 연안에서 쓰나미 사태로 30만여 명이 사망했는데, 정작 동물 사체는 거의 발견되지 않았다. 동물들은 쓰나미가 닥치기 전에 이미 높은 곳이나 안전지역으로 몸을 피했다. 이는 어디에서 비롯된 본능일까? 자연은 우리가 생각하는 것보다 훨씬 신비롭고, 우리는 그 아름다움 속에서 함께 살아가는 존재다.

아무리 작은 새라도 자연의 섭리를 품고 살아간다면, 자연과 어울려 살아가는 인간도 더욱 건강하고 평화로운 삶을 만들 수 있지 않을까?

세상은 우리가 상상하는 것보다 훨씬 아름답고 신비롭다. 이를 느낄 수 있는 눈과 마음만 있다면, 그걸로 충분하다. 하늘 아래 펼쳐진 이 경이로운 세상에서, 오늘 하루를 감사하는 마음으로 살자. 아마도 당신의 하루가 한결 더 행복해질 것이다.

텔레파시와 연결된 우주

텔레파시. 누구나 종종 겪어본 느낌일 것이다. '지금쯤 저 사람이 전화할 것 같은데' 하는 순간 전화벨이 울리거나 머릿속에 떠올린 말이 상대방 입에서 그대로 튀어나오는 상황. 하지만 우리는 곧 이렇게 생각하고 만다. '설마? 우연이겠지.'

정말 우연일까? 과학자들도 이 기묘한 현상에 관심이 많다. 러시아 과학자들 실험이 특히 인상적이다. 어미 토끼와 새끼 토끼를 수천 킬로미터 떨어뜨려 두었는데, 새끼가 차례대로 죽임을 당할 때마다 어미의 뇌파가 강하게 요동쳤다. 서로 보거나 들을 수 없는 상태에서도, 어미는 새끼의 죽음을 느낀 것이다. 이를 두고 일부는 텔레파시라며 흥분했지만, 여전히 과학적으로 완전히 증명되었다고 하긴 어렵다.

아인슈타인은 **"우주에는 인간이 상상하기 힘들 정도로 거대하고 완벽한 지능이 존재한다"**고 말한다. 그는 모든 사물이 서로 얽혀 있다고 보았고, 그 연결 속에서 놀라울 만큼 질서정연한 지능을 발견했다. 그렇다면 우리가 느끼는 이 미묘한 감각, 이를테면 텔레파시나 내세 같은 개념도 우주의 광대한 데이터베이스 일부가 아닐까?

인간은 이해 불가한 것을 부정하거나 외면하려 한다. 내세나 영혼이라는 주제도 그렇다. 예수나 부처는 내세를 말했지만, 우리는 과학이라는 이름으로 그것을 부정한다. 하지만 내세나 텔레파시가 없다고 확언할 수 있을까? 우리의 지식 범위가 어디까지인지 누가 정확히 알 수 있을까?

텔레파시를 우리의 생각이 우주로 전송되는 현상이라고 믿는 이도 있다. 우리의 생각이 우주에 저장되고, 수많은 사람의 생각과 섞여 누군가에게 전달된다는 이론이다. 황당해 보이지만, 우주가 그만큼 신비로운 곳이라는 뜻이기도 한다. 어쩌면 이것이 인간이 우주와 연결된 존재라는 단서를 제시하는지도 모르겠다.

오늘 아침, 날씨는 어떤가? 부는 바람 따라 흐르는 구름 따라 잠시 하늘을 보며 우주의 신비와 내 안의 믿음에 대해 생각해보는 건 어떤가. 저 멀리서 우주인의 텔레파시가 내게 닿을지 누가 알겠는가.

아인슈타인의 특별한 능력

아인슈타인. 천재의 대명사로 불리지만, 어린 시절의 그는 천재의 이미지와는 정반대였다. 네 살 때까지 말문이 트이지 않았고, 아홉 살이 되어도 어눌했다. 초등학교에서

도 뒤처진 지진아였고, 고등학교에서 퇴학당한 데다 대학 입시에
낙방까지 했다. 겨우 취리히 공대를 졸업했으나 한동안 일자리를
구하지 못해 백수 생활을 했다.

"내 아들은 낙오자야."

아버지로서는 그리 말할 만도 했다. 아인슈타인 자신도 스스로
절망하며 친구에게 "난 지금 백수건달이고 가족에게 짐만 되는 존
재다. 이럴 바엔 차라리 죽고 싶다"고 적기도 했다.

어떻게 그는 완전히 달라질 수 있었을까?

절망 속에서 길을 찾다

삶은 뜻밖의 방식으로 기회를 준다. 아인슈타인에게도 그랬다.
한 친구의 도움으로 스위스 특허청에서 하급직을 맡았는데, 이것
이 인생 전환점이 되었다. 일이 단조로워 퇴근 후 자유 시간이 많았
고, 그 시간 동안 그는 우주와 빛 그리고 존재의 원리를 상상하며
탐구했다. 그런데 이런 통찰력은 어디서 나왔을까?

책 읽기가 준 힘

어릴 적부터 인문고전을 가까이했던 그는 10대 시절 서양 철학
고전을 두루 섭렵하고, 대학 때도 전공보다 철학 강의를 더 좋아했

다. 직장인이 된 후에도 동료들과 독서 모임을 만들어 고전을 읽고 토론했다.

그가 읽은 책들은 단순한 지식 창고가 아니었다. 천재들의 생각과 철학이 담긴 보물 창고였고, 아인슈타인은 이를 자신의 것으로 소화하며 한계를 극복했다. 독서는 그의 상상력과 사고력을 부단히 확장하는 원동력이었다. 아인슈타인이 말년에 보낸 편지에는 이런 대목이 남아 있다.

"인간은 우주와 분리된 존재가 아니라 우주의 부분이다. 그러나 우리는 스스로 고립된 존재로 여기며 고통의 감옥에 가둔다. 그 감옥을 벗어나려는 노력 자체가 고통으로부터 해방되는 길이다."

정말 그렇다. 읽고 생각하는 과정이야말로 그 고립감을 벗어나는 문이 될 것이다. 책 속에서 우리는 나를 넘어 우주를 만나게 되니까.

오늘은 책 속으로

오늘은 바람이 청량하다거나 비가 내린다거나 봄꽃이 아름답다거나 하는 핑계를 하나 잡아 도서관에 가보면 어떨까. 가족끼리 나란히 앉아 책을 읽는 시간이 나의 일상을 조금씩 바꿔놓을지도 모른다.

아이들이 문제집 앞에서 스트레스를 받기보다는, 책을 들고 웃는 얼굴을 상상해보자. 그 작은 순간이 아이들의 사고 폭을 넓히고, 인생 방향까지 바꿀 수 있을 것이다.

자연은
우리의 삶을 채우는
무한한 아름다움의
원천이다.

- 빈센트 반 고흐 -

오늘도 나는 마음속에 긍정의 씨앗을 심는다. 언젠가 그 씨앗이 자라서 세상을 밝히는 꽃이 되리라는 믿음과 함께. 그리고 외친다. "세상을 바꾸려면, 먼저 나를 바꾸자!" 세상은 우리가 어떻게 바라보느냐에 따라 달라진다. 우리에게는 세상을 움직일 힘이 있고, 그 힘을 어떻게 쓸 것인가는 우리의 선택이다. 나는 그 선택을 믿으며 오늘도 앞으로 나아가려 한다.

5장

행복은 결국
나로부터 시작된다

01

사소한 습관의 힘
: 반복이 습관을 만든다

메모, 삶을 새롭게 채우는 작은 습관

어느 날 아침, 블로그에 글을 쓰려 컴퓨터 앞에 앉았다. 텅 빈 화면을 보며 잠시 고민에 빠졌다. '좀 전에 떠올랐던 아이디어가 뭐였지?' 분명 몇 분 전까진 번뜩이는 생각이 있었는데 그새 기억이 흐릿했다.

'나이가 들어서 그런가?' 중얼거리다 멈추었다. 나이를 탓해봐야 문제가 해결되지 않을 테니까. 그때 오래전 자기계발서에서 읽은 한 문장이 떠올랐다.

"기억하지 말고 기록하라."

메모가 가져온 작은 변화

그날부터 메모를 하기 시작했다. 처음에는 종이 노트를 써서 아이디어, 할 일, 작은 계획 등을 모조리 적었는데, 곧 찾아보기 어려웠고 다시 한 타이핑 해야 해서 불편했다. 그래서 스마트폰 메모 앱으로 바꿨더니, 어디서든 쉽게 기록할 수 있어서 훨씬 편해졌다. 검색도 간단하고, 자료 복사도 가능하니 편리하기가 그만이다. 메모는 단순히 편의를 넘어, 삶을 정리하는 작은 시작점이다.

메모로 여유를 찾다

창업 후 정신없이 바쁜 일상 속에서, 해야 할 일이 많아질수록 오히려 놓치는 게 많아졌고, 스트레스도 커졌다. 그런데 메모를 습관화하니 일이 조금씩 달라졌다. 할 일을 적어놓으니 우선순위가 보이고, 머릿속이 정리되니 불안감도 줄었다.

"모든 걸 기억할 필요가 없다" 는 사실 하나만으로도 마음이 한결 가벼워졌다. 메모는 단순히 효율성을 높여준 게 아니라, 하루하루를 더 체계적이고 의미 있게 해주었다.

위대한 기록자들이 남긴 지혜

돌이켜 보면, 세상에 이름을 남긴 이들은 대개 기록 습관을 중시

했다. 에디슨은 평생 3,400권에 달하는 노트를, 정약용은 유배지에서만 600권이 넘는 저서를 남겼다. 그들이 남긴 기록은 단순한 글자 모음이 아니라 삶을 견인하는 동력이었다.

나도 메모 덕분에 퇴직 후 더 풍요로운 일상을 보낸다. 예전에는 직장 일이 끝나면 거실에서 무의미하게 시간을 흘려보냈지만, 블로그를 시작하며 메모를 습관화한 결과, 훨씬 생산적이고 가치 있는 생활을 이어가게 되었다.

오늘도 메모로 시작하는 하루

매일 아침 커피를 내리며 메모 앱을 연다.

"오늘 해야 할 일은 뭘까? 어떤 생각들이 떠오르지?"

이렇게 기록을 하다 보면 하루가 훨씬 명료하고 풍부해진다.

메모는 거창하지 않다. 번뜩이는 아이디어나 해야 할 일을 남겨두는 작은 행동에 불과하지만, 그 작은 행동들이 모여 인생을 조금씩 바꿀 수 있다. 스트레스가 줄고, 일정이 정돈되고, 새로운 기회도 보이게 된다.

복잡한 일정과 끝없이 이어지는 업무에 지쳤다면, **오늘부터 메모해 보는 건 어떨까?**

습관의 힘으로 삶을 변화시키다

한때 나는 좋지 않은 습관에 얽매여 지냈다. 매일 회사를 마치고 나면 소파에 몸을 파묻고 TV를 켜는 것이 일상이었고, 주말은 대충 술 한두 잔으로 보냈다. 미래에 대한 계획 없이 흘러가는 대로 살았고, 그만큼 특별할 것 없는 하루하루가 쌓였다.

그러던 어느 날, 거울 속 자신을 바라보며 낯설다는 느낌이 들었다. 머리로는 알면서도 외면해온 진실이 문득 밀려온 것이다. 더 나은 삶을 원한다는 사실을 말이다. 나는 더 건강하고, 활기차며, 의미 있는 인생을 원했다. 하지만 '이런 내가 정말 바뀔 수 있을까' 하는 의심이 들었다. 그런데도 분명한 건 이대로는 안 된다는 깨달음이었다.

변화를 위한 첫걸음

변화는 습관에서부터 출발한다. 우선 하나의 좋은 습관이라도 만들자고 다짐했다.

첫 번째 목표는 체중 감량이었다. 매일 아침 108배와 팔굽혀펴기를 하기 시작했고 주말에는 산행을 했다. 시작은 무척 힘들었지만, 날이 갈수록 익숙해지고 몸이 가벼워지면서 마음도 밝아졌다.

운동에 익숙해진 후, 나는 다른 건강한 습관도 만들어보자고 결심했다. 그중 하나가 독서였다. 하루 한 페이지를 읽는 약속은 곧 지적 성장의 발판이 되었고, 독서로 얻은 아이디어는 글쓰기로 이어졌다. 매일 블로그에 사망사고 소식을 작성하며, 글쓰기가 내 하루를 풍요롭게 했다.

나쁜 습관과 작별하기

좋은 습관을 들이면서, 알게 모르게 따라다니던 나쁜 습관도 하나씩 떠났다. 특히 술을 끊는 결심이 가장 컸다. 단 하루만 참아보자고 한 것이 일주일이 되고 한 달이 되었다. 처음엔 술 없는 일상이 낯설었지만 맑은 정신으로 더 많은 걸 해낼 수 있다는 사실을 깨달았다. 이제 술 대신 독서, 글쓰기, 운동이 좋은 습관으로 자리 잡아 일상을 건강하게 채운다.

변화가 안겨준 선물

습관이 바뀌자 삶 전체가 달라졌다. 이전엔 퇴직 후 공허감이 크게 다가올 줄 알았는데, 어느새 후회 없는 인생 2막을 살고 있다. 강사로, 컨설턴트로, 칼럼니스트로 활동하며 하루하루를 더욱 알차게 보내고 있다. 블로그를 시작한 지 2년 반, 매일 새벽 5시에 일어나 하루를 구상하고 글을 쓰며 시작한다. 안전 컨설팅 사업은 그저 돈벌이가 아닌, 삶의 의미와 가치를 높여주는 일이 되었다. 이 모든 변화는 한순간에 이루어진 게 아니다. 작은 변화가 하나씩 쌓여 삶을 완전히 뒤바꿨다. 소파에 기대어 시간을 흘려보내던 내가 이제는 새벽의 고요함을 사랑하는 사람이 됐다.

당신도 할 수 있다

혹시 지금 삶이 답답하게 느껴진다면, 스스로 물어보자.

'나는 어떤 나쁜 습관을 버리고, 어떤 좋은 습관을 만들고 싶은가?' 작은 것부터 시작하자. 단 10분 일찍 일어나기, 한 페이지만 읽기, 혹은 가벼운 산책도 괜찮다. 일단 시작하는 게 중요하다.

습관은 운명을 바꾸는 힘이 있다. 오늘부터 나쁜 습관과 작별하고 좋은 습관을 향해 걸음을 뗀다면, 그 습관이 만들어낼 기적을 직접 체험하게 될 것이다.

습관 하나만
바뀌어도
모든 것이
저절로 바뀐다.

- 찰스 두히그 -

02
—

감사하는 삶, 즐거운 인생
: 감사를 모르면 즐거움도 모른다

웃음이 주는 삶의 선물

햇볕이 쨍한 아침, 수녀원 정원에서 들려오는 수녀들의 노랫소리는 마치 천상의 합창 같다. 이들은 금욕과 절제로 가득한 생활을 하면서도 미소를 잃지 않는다. 흥미롭게도, 활달하고 웃음이 넘치는 수녀들은 그렇지 않은 수녀들보다 훨씬 오래 산다는 연구 결과가 있다.

영국의 한 연구에 따르면, 활달한 수녀 중 90%가 85세 이상을 산 반면, 그렇지 않은 수녀들은 34%만이 그 나이에 이르렀다. 사고방식 하나가 삶의 길이에 큰 차이를 만든다는 건, 행복이 어쩌면 우리가 생각하는 것보다 단순할 수도 있음을 시사한다.

주변을 보면 늘 긍정적으로 하루를 대하는 사람들이 있다. 그들의 웃음은 주위에 밝은 에너지를 전한다. 반대로 매사 부정적이고 한숨 섞인 태도로 스스로 짓누르는 이들도 있다. 어떤 사람과 시간을 보내고 싶은가를 떠올려 보면, 우리 마음이 갈구하는 에너지가 무엇인지 알 수 있다.

그렇다면 내 생각과 태도가 나 자신에게 어떤 영향을 미치는지 돌아볼 필요가 있다. 심리학자 마틴 셀리그먼의 긍정심리학 연구에 따르면, 긍정적인 사고는 스트레스를 줄이고 면역 체계를 강화하며, 삶의 질을 향상한다.

하버드대학교 연구에서도 낙관적 태도를 지닌 환자들이 비관적인 환자보다 훨씬 빠르게 회복하는 결과가 나왔다. 스트레스가 질병의 원인임은 잘 알려졌지만, 반대로 긍정이 병을 예방하고 몸을 회복하는 데 도움이 된다는 사실은 우리에게 커다란 희망을 준다.

플라시보 효과(가짜 약을 먹어도 병세가 호전되는 현상) 역시 긍정적 믿음이 우리 몸에 미치는 영향이 얼마나 큰지 보여준다. 즉, 우리가 무엇을 믿고 어떻게 생각하느냐가 몸과 세포 그리고 면역에까지 영향을 준다는 뜻이다.

이 짧은 인생에서조차 긍정만으로도 시간이 모자란다. 물론 낙천적 태도를 유지하기가 늘 쉽지는 않지만, 작은 습관을 만들어 실천할 수 있다. 예컨대 아침에 일어나 오늘 하루도 감사하다고 기도하거나 주변 사람에게 따뜻한 말을 건네는 것 등이다. 이런 소소한 행동이 쌓이면, 언젠가 우리의 사고방식과 삶의 모습이 달라질 것이다.

오늘 자신이 웃으며 더 많은 긍정을 나누는 모습을 상상해보자. 왠지 지금보다 삶이 조금 더 가볍고 풍요로워질 것 같지 않은가? 오늘부터 좋은 생각으로 하루를 채우길 권한다. 우리 모두 웃을 수 있는 재능을 타고났고, 그 웃음은 더 오래 살게 해줄 뿐 아니라 삶 자체를 더욱 빛나게 만들어줄 것이다. 이 짧은 인생을 웃지 않고 보낼 이유는 없다. 날씨가 흐린 날도 구름 위에는 태양이 빛나고 있으니까.

오늘 하루는 **좋은 생각과 따뜻한 미소로 스스로 채우고, 주변 사람들에게도 조금이나마 행복을 전해보자.** 이 글을 읽고 있는 당신역시 마음속에 더 많은 긍정의 씨앗을 심길 바란다. 모두가 더 건강하고 행복한 삶을 영위하기를 바라며, 오늘, 웃음이 내 삶을 바꿀 것이라는 다짐으로 하루를 시작해 보자.

우리는 왜 불행해지는가?

창가에 앉아 어린 시절을 떠올려보았다. 라면 한 그릇에 세상을 다 가진 듯 행복했던 기억이 선명하다. 그러나 지금은 더 많은 것을 가졌는데도 종종 공허함을 느낀다. 왜일까? 현대 사회가 잃어버린 '행복의 본질'이 무엇인지 생각한다.

우리는 부모 세대와 비교할 수 없을 정도로 건강하고 풍요롭게 산다. 그런데 통계를 보면, 삶의 만족도는 오히려 떨어지고 있다. 풍요가 행복을 보장하지 않는다는 증거로 보인다. 그렇다면 우리가 이렇게 불행해지는 이유는 무엇일까? 어쩌면 지나친 욕심과 집착이 우리 안에 자리 잡은 게 아닌가 싶다.

욕심은 우리를 끊임없는 경쟁 속으로 몰고 간다. 더 높은 지위, 더 많은 돈, 더 큰 명예를 바라면서 멈추지 못한다. 그러나 그런 갈망은 결국 채워지지 않는 불만족을 낳는다. 남들과 자신을 비교하는 건 불행의 화학 반응을 일으킬 뿐이다.

다들 더 나은 집, 더 멋진 차, 더 높은 지위를 원하지만, 그런 외적인 목표를 달성하고 나면 다시 허무함을 느낀다. 진정한 행복은 외부에서 오는 게 아니라 지금 내 삶에 만족하는 마음에 달려 있기 때문이다.

또 타인의 인정을 갈망하는 삶도 우리를 불행하게 만든다. 주변의 시선에 휘둘리는 삶은 모래성과 같다. 다른 사람의 기대에 얽매이면, 정작 내가 누구인지 잃어버리고 만다.

하버드대학교 '행복학' 강의가 강조하듯, 행복은 밖에서 오지 않는다. 그것은 우리 스스로 느끼는 감사와 만족에서 비롯한다. 행복이란 거대한 재산이나 높은 업적에서만 오는 게 아니라 아침 창으로 들어오는 햇볕, 가족과 나누는 따스한 말, 매일 반복되는 소소한 일상에서도 우리는 감사와 기쁨을 발견할 수 있다. 긍정적 사고는 우리에게 균형을 찾게 해주고, 삶을 더 찬란히 비춘다. 우리의 뇌는 생각대로 반응하는 법이니까.

최근 10년간 부쩍 인기가 상승한 긍정심리학은 이런 점을 강조한다. 부정적 관점으로 병을 치료하기보다, 인간의 강점과 장점을 찾아내어 행복으로 이끌자는 것이다. 이처럼 행복은 환경이 아니라 우리 마음 안에서 꽃피는 것이다.

인생은 짧다. 하루하루를 불평불만으로 흘려보내기엔 너무 아깝다. 이제 욕심을 감사로, 비교를 만족으로 바꾸자. 행복은 멀리 있지 않다. 지금 여기, 우리 곁에 이미 와 있다. 우리가 알아채지 못할 뿐이다.

쾌락을 넘어 즐거움으로, 행복을 찾는 여정

일요일 저녁, 소파에 앉아 TV 리모컨을 돌리는 순간, 작은 쾌락을 느낀다. 하지만 프로그램이 끝나고 나면 허무함이 밀려온다. 쾌락이란 이런 것 같다. 잠깐 만족을 주지만 영혼 깊은 곳까지 채우지는 못하고, 오히려 더 큰 갈증을 남기는 만족이다.

그렇다면 참된 행복은 어디에서 찾아야 할까? 쾌락과 즐거움은 언뜻 비슷해 보이지만 본질이 다르다. 쾌락은 감각적이고 순간적이다. TV를 보거나 맛있는 음식을 먹는 것처럼, 감각을 자극해 즉각적 만족을 준다. 반면 즐거움은 지속적이고 깊은 가치를 지닌다. 독서나 글쓰기처럼 몰입하는 활동에서 우리는 단순히 시간을 소비하는 게 아니라 새로운 가치를 창조한다.

내게 글쓰기는 그러한 즐거움이다. 하얀 종이에 펜을 대거나, 텅 빈 화면에 문장을 써내려가는 작업은 마치 바닷속에서 물고기를 낚아올리는 듯한 만족감이다. 머릿속 무형의 생각이 글이라는 구체적 형태로 펼쳐질 때, 나는 몰입에 빠져 시간 감각조차 잊는다.

글쓰기는 정보를 전달하는 수단을 넘어 스스로 말을 거는 과정이자 잠재된 생각을 끌어내고 정리하는 창조 행위다. 아침에 쓴 문장이 저녁이면 전혀 다른 의미로 다가올 때, 글쓰기가 주는 재미는 한층 깊어진다.

독서도 마찬가지다. 책 한 권을 손에 들고 글자 사이를 거닐다 보면 어느새 그 이야기에 푹 빠진다. 독서는 내게 새로운 인생을 간접 체험할 기회를 준다. 아인슈타인도 젊은 시절 인문고전을 탐독한 덕분에 탁월한 통찰력을 얻었다는 사실을 떠올리면, 독서의 힘은 절대 가벼이 볼 수 없다.

쾌락은 쉽게 얻을 수 있지만, 즐거움을 얻는 데는 노력이 필요하다. 바로 몰입 때문이다. 즐거움을 느끼려면 시간과 집중이 필요하고 때론 도전도 필요하다. 그래서 그런지 몰입을 통해 얻는 즐거움은 잠깐이 아니라 우리 인생에 흔적을 남기고 성장을 준다.

우리는 때때로 외로움이나 허무함을 쾌락으로 채우려 한다. 그럴 때일수록 책을 펴거나 펜을 들어보자. 삶의 이야기, 가족과의 추억, 내일을 향한 소망을 써내려가 본다. 그러면 쾌락이 아닌 내면의 보상을 얻게 될 것이다.

감사해야 하는 이유를
모르겠다면,
잘못은
그대 자신에게 있다.

- 인디언 격언 -

내면의 공허함을 채우는 법
: 삶의 본질에 충실하면 공허함도 없다

못난 외모의 축복, 그리고 내면의 힘

이스라엘의 첫 여성 총리를 지낸 골다 메이어는 '못난 미인(?)'으로 유명하다. 세련된 외모와는 거리가 멀었지만, 내면의 힘으로 자신의 인생과 국가의 운명을 바꿔놓았다. 그녀는 "나는 못난 외모 덕을 봤다. 그 덕에 오직 내적인 힘으로 승부해야 했다"고 말한다. 이 고백은 외모를 넘어, 삶의 핵심 통찰을 담았다.

대개 사람들은 첫인상을 좌우하는 외모를 중요하게 생각한다. 매력적인 사람들은 종종 더 많은 기회를 얻고, 더욱 주목받기도 한다. 그러나 외모만으로 행복이나 성공을 보장할 순 없다. 주변에서 시기를 하거나 진정한 능력을 가려버리는 부작용도 있을 수 있다. 세

월이 흐르면 자연히 겉모습은 변하게 마련이고, 궁극적으로 남는
건 내면의 아름다움이다.

톨스토이는 말한다.

**"외적인 것으로 삶을 변화시키려는 건 어린아이가 장난감을 바
꾸는 것과 같다. 내면의 공허는 아무리 외적 요소를 바꾸어도 메꿀
수 없다."**

이는 단순히 외모에만 한정된 이야기가 아니다. 돈, 명예, 지위
등 눈에 보이는 모든 외적인 요소가 마찬가지다. 진정한 삶의 혁신
은 내면에서 시작된다.

우리는 성공과 행복을 종종 외부적 조건에서 찾는다

그러나 돈, 차, 집, 명성같은 목표를 달성해도 곧 찾아오는 공허
함을 경험 한다. 반면, 내면을 강화해 얻는 행복은 쉽게 잃지 않는
다. 자신감, 긍정적 태도, 타인을 존중하는 마음 등은 내면의 근육
이 되어 우리를 지탱해준다.

골다 메이어처럼 외적인 한계를 뛰어넘은 이들은 공통으로 '내적
인 자기계발'을 이뤄냈다. 단점을 넘어 내면 성장을 이뤘고, 그 결
과 더 큰 영향력을 행사할 수 있었다. 내면을 가꾸는 일은 그냥 자
기계발을 넘어, 스스로와 싸우며 세상을 긍정적으로 변화하는 힘

이라고 볼 수 있다.

겉모습은 나이가 들면 사라지지만, 내면의 힘은 끝까지 우리를 지켜준다. 외적 매력은 때가 되면 빛을 잃지만, 내면의 성장은 영원히 남는다. 설령 겉으로 드러나지 않더라도, 내면의 아름다움은 사람들에게 깊은 울림과 신뢰를 준다.

내면을 키우기 위해 매일 자신에게 다음과 같이 질문해보자.

"나는 오늘 어떤 사람이 되고 싶은가?"
"이 하루를 어떻게 성장의 기회로 만들 수 있을까?"

이런 간단한 질문 하나가 우리가 더 나은 방향으로 나아가는 힘이 될 수 있다.

새로운 한 주가 시작되는 월요일, 외모나 외적 성취보다 내면의 성장을 우선해보면 어떨까? 좋아하는 책을 읽거나, 자신의 장점을 칭찬하고, 감사의 마음을 표현해보는 작은 실천도 좋다. 그 사소한 행동이 우리의 내면을 풍요롭게 만든다.

진정한 행복은 외적인 것이 아니라 내적인 성장에서 비롯된다. 세상이나 타인의 기준에 연연하지 않고 스스로 힘을 키워가는 여정에 동참해보자. 오늘 하루를 내면의 아름다움을 기르는 첫날로 만들어 보자. 겉모습은 변하지만, 내면의 빛은 영원할 것이다.

남의 눈, 그리고 나만의 삶

가끔 거울을 보며 '이게 진짜 내 모습인가?' 라는 의문이 들 때가 있다. 혹시 내가 살아온 세월이 온전히 내 것이 아니라, 남들의 시선과 기대 속에서 허덕인 결과는 아닌지 돌아보게 된다.

우리는 남과 자신을 비교하며 살아간다. 누군가는 멋진 차를 사고, 승진하고, 더 넓은 집으로 이사한다. 이러한 비교가 때로는 동기가 되지만, 종종 끝없는 불만과 결핍감을 낳기도 한다. 타인과의 비교로 삶의 가치를 평가하는 것은 절대 행복으로 이어지지 않는다.

그러나 진정 중요한 건 내가 나를 어떻게 바라보느냐 아닐까? 진정한 행복은 **남의 시선을 의식해 그들의 틀에 맞춰 사는 대신, 내 마음의 목소리를 듣고 원하는 삶을 그려가는 데 있다.**

죽음을 앞둔 사람들이 가장 많이 후회하는 것 중 하나가 '내 삶을 살지 못하고 나를 돌보지 못했다' 는 사실이다. '남들의 기대에만 맞추다 보니 정작 내가 누군지, 진짜 원하는 게 무엇인지 잃어버렸다' 는 반성이다.

따라서 우리에게 필요한 건 균형이다. 비교 자체는 피하기 힘들 수 있으나, 위를 보며 '더 노력해야겠다' 는 의욕을 얻고, 아래를 보며 '지금 나는 감사한 삶을 살고 있구나' 하고 자각하는 태도가 필요하다. 세상에는 **내가 가지지 못한 걸 가진 사람도 있지만, 내가 가진 것을 부러워하는 사람 또한 존재**한다.

진정한 마음의 평화를 얻으려면, 남의 기준에 자신을 끼워 맞추기보다 자기 속도와 방식으로 살아가야 한다. 하루하루를 마치 마지막인 것처럼, 자기만의 의미와 가치를 찾으며 사는 것이 진짜 행복으로 가는 길 아니겠는가.

세상은 내가 바라보는 대로 변한다

세상은 신비롭다. 20세기 초, 아인슈타인과 닐스 보어는 빛의 실체를 두고 격론을 벌였다. 빛은 입자인가, 파동인가? 이 질문은 단순한 과학적 호기심을 넘어 삶을 바라보는 완전히 새로운 관점을 열어주었다.

닐스 보어의 이중 슬릿 실험은 관찰자의 유무에 따라 빛이 입자처럼 혹은 파동처럼 보인다. 관찰자의 존재가 빛의 행동에 영향을 미친다는 발견은 물리학계를 흔들었다. 하지만 이는 과학적 사실에 국한되지 않고, 우리가 세상을 대하는 태도와 사고방식이 실제 현실에도 영향을 줄 수 있음을 시사한다.

이 원리는 단지 물리학에만 적용되는 게 아니라, 우리의 삶에서도 같다. 세상이 바뀌어 내 생각이 달라지는 게 아니라, 내 생각이 바뀌면 세상이 달라진다는 의미다. 긍정적 사고는 단순히 낙관이 아니라 인생의 방향을 바꾸는 강력한 힘이다.

수많은 성공한 사람들을 보면, 세상의 부정적 현실을 직면하면서도 그 속에서 희망의 빛을 발견해낼 줄 안다. 그들 모두가 긍정적 시각으로 세상을 바라보며 더 나은 미래를 꿈꾸고 행동으로 옮겼다. 부정은 어둠같이 퍼져 나가기 쉽지만, 긍정은 그 어둠을 밝혀 나와 주변을 성장시키는 빛이 된다.

생각해보자. 혹시 주변이 온통 문제투성이로 보이던 때가 있지 않았는가? 나도 인생이 뜻대로 풀리지 않아 세상이 냉혹하다고 느낄 때가 있었다. 하지만 시각을 조금 바꿔 "이 일을 통해 내가 배울 수 있는 건 뭘까?"라고 질문해보았더니, 문제는 여전해도 해결책이 함께 눈에 들어오기 시작했다.

결국은 내 생각이 내 인생의 나침반이 된다. 긍정적으로 생각하면 삶의 방향도 달라지고, 세상이 훨씬 더 살 만한 곳으로 변한다.

행복한 미래를 마음속에 그리며 조금씩 나아가는 과정이 모여 큰 변화를 만들어낸다.

오늘도 나는 마음속에 긍정의 씨앗을 심는다. 언젠가 그 씨앗이 자라서 세상을 밝히는 꽃이 되리라는 믿음과 함께. 그리고 외친다.

"세상을 바꾸려면, 먼저 나를 바꾸자!"

세상은 우리가 어떻게 바라보느냐에 따라 달라진다. 우리에게는 세상을 움직일 힘이 있고, 그 힘을 어떻게 쓸 것인가는 우리의 선택이다. 나는 그 선택을 믿으며 오늘도 앞으로 나아가려 한다.

성공은
행복의 열쇠가 아니다.
행복이 성공의 열쇠다.
당신이 하는 일을 사랑한다면,
당신은 성공할 것이다.

- 알베르트 슈바이처 -

지금, 당신도 행복할 수 있다

삶은 종종 우리가 예기치 못한 방향으로 흐른다. 든든하던 직장이나 익숙한 일상이 흔들릴 때, 우리는 스스로 묻는다. **앞으로 어떻게 살아야 하나? 이 위기를 어떻게 견뎌야 할까?** 하지만 그 답은 멀리 있지 않다. **지금 여기에서 우리가 무엇을 시작하느냐**에 따라 언제든 삶은 새로워질 수 있다.

노후란 어느 날 갑자기 찾아오는 게 아니다. 40대, 50대부터 천천히 준비해가는 여정의 결실이며 평균 정년이 51세로 낮아진 시대에는, 30~40대부터 언제든 회사를 떠날 수 있도록 대비해야 한다. 핵심은 '평생직업'을 갖추는 것이다.

평생직업이란 환경이 변해도, 나이가 들어도 계속할 수 있는 자신만의 일이다. 요즘 IT 기술의 발달로 누구나 1인 브랜드나 1인

기업을 시작하기가 수월해졌다. 나도 퇴직 후 블로그를 쓰며 매일 삶을 기록하기 시작했고, 안전 칼럼을 기고하면서 글쓰기를 지속했다. 그런 경험이 쌓여 지금의 안전 컨설팅 회사가 탄생했다.

여러분도 자신만의 이야기를 써 내려가면 좋겠다. 직장에 몸담는 동안 스스로 잘할 수 있는 일, 열정이 있는 분야를 찾고, 거기에 전문성을 쌓아 컨설팅이나 강의 혹은 블로그·유튜브 같은 플랫폼을 활용하여 책을 출간해 세상에 알릴 수도 있다. 한 걸음씩 실천하다 보면 어느새 그것이 여러분만의 브랜드가 될 것이다.

100세 시대에서 진정한 은퇴 시점은 특정 나이가 아니라 '몸이 더는 일할 수 없을 때'라고 생각한다. 그때까지 우리는 일, 건강, 삶의 균형을 맞추며 스스로 길을 걸어가야 한다. 한쪽에 치우치지 않고 매일 삶의 의미를 확인하며 살아간다면, 그것이 곧 성공적인 노후를 여는 길일 것이다.

그러니 여러분도 지금, 여러분만의 이야기를 시작하자. 블로그에 하루를 기록하고, 글쓰기로 생각을 정리하면서 자신만의 길을 만들어보자. 그 작고 꾸준한 시도가 모여 특별한 삶이 되고, 세상에 긍정적인 영향을 전하는 소중한 자산이 되어줄 것이다.

거창한 계획이나 완벽한 준비가 중요한 게 아니다. **바로 지금 여기에서 시작하는 것**이 더 소중하다. 더 나은 삶과 행복은 이미 당신 가까이에 와 있거나 마음 안에 있다. 누구나 **지금 여기에서 행복할 수 있다.**

| 참고문헌 |

AmericanPsychologicalAssociation(APA). (2020). Mindfulness.

https://www.apa.org/topics/mindfulness

Harvard Health Publishing (2018). Stress Management.

https://www.health.harvard.edu/topics/stress

Adler, A. (1956). The Individual Psychology of Alfred Adler. Harper & Row.

Bandura, A. (1977). Self-Efficacy: Toward a Unifying Theory of Behavioral Change.
Psychological Review, 84(2), 191-215.

Buettner, D. (2010). The Blue Zones: Lessons for Living Longer From the People
Who' ve Lived the Longest. National Geographic Society.

Clear, J. (2018). Atomic Habits. Avery.

Crum, A. J., & Langer, E. J. (2007). Mind-Set Matters: Exercise and the Placebo
Effect. Psychological Science, 18(2), 165-171.

Csikszentmihalyi, M. (1990). Flow: The Psychology of Optimal Experience. Harper &
Row.

Dunn, E. W., Aknin, L. B., & Norton, M. I. (2008). Spending Money on Others
Promotes Happiness. Science, 319(5870), 1687-1688.

Emmons, R. A., & McCullough, M. E. (2003). Counting Blessings Versus Burdens:
An Experimental Investigation of Gratitude and Subjective Well-Being. Journal of
Personality and Social Psychology, 84(2), 377-389.

Giles, L. C., Glonek, G. F., Luszcz, M. A., & Andrews, G. R. (2005). Effects of Social
Networks on 10 Year Survival in Very Old Australians: The Australian Longitudinal
Study of Aging. Journal of Epidemiology & Community Health, 59(7), 574-579.

Keltner, D. (2009). Born to Be Good: The Science of a Meaningful Life. W.W. Norton & Company.

Lyubomirsky, S., Sheldon, K. M., & Schkade, D. (2005). Pursuing Happiness: The Architecture of Sustainable Change. Review of General Psychology, 9(2), 111-131.

Post, S. G. (2005). Altruism, Happiness, and Health: It's Good to Be Good. International Journal of Behavioral Medicine, 12(2), 66-77.

Seligman, M. E. P. (2011). Flourish: A Visionary New Understanding of Happiness and Well-being. Free Press.

Shenk, J. W. (2010). The Genius in All of Us: Why Everything You've Been Told About Genetics, Talent, and IQ Is Wrong. Anchor.

Tedeschi, R. G., & Calhoun, L. G. (2004). Posttraumatic Growth: Conceptual Foundations and Empirical Evidence. Psychological Inquiry, 15(1), 1-18.

University of Edinburgh (2019). Learning New Skills May Boost Brain Resilience in Aging.
https://www.ed.ac.uk

Werner, E. E., & Smith, R. S. (1992). Overcoming the Odds: High Risk Children from Birth to Adulthood. Cornell University Press.

World Health Organization (WHO). (2022). Physical Activity.
https://www.who.int/news-room/fact-sheets/detail/physical-activity

살아가면서 한번은
당신에 대해 물어라

이철휘 지음
252쪽 | 14,000원

최고의 칭찬

이창우 지음
278쪽 | 15,000원

감사, 감사의 습관이
기적을 만든다

정상교 지음
248쪽 | 13,000원

행복한 노후 매뉴얼

정재환 지음
500쪽 | 30,000원
(2022 세종도서 교양부문 선정)

별일 없어도 읽습니다

노충덕 지음
312쪽 | 18,000원

세종실록에 숨은 훈민정음의 비밀

우세종 지음
288쪽 | 19,800원

내 글도 책이 될까요?

이해사 지음
320쪽 | 15,000원
(2021 우수출판콘텐츠 선정)

누구나 쉽게 작가가 될 수 있다

신성권 지음
284쪽 | 15,000원

삶을 업그레이드하는 더 나은 삶 경제 · 경영 도서 ——————

4차 산업혁명의 패러다임

장성철 지음
248쪽 | 15,000원

포스트 AI 시대 잉여인간

문호성 지음
272쪽 | 18,000원

금융에 속지마

김명수 지음
280쪽 | 17,000원

숫자에 속지마

황인환 지음
352쪽 | 15,000원
(2017 세종도서 교양부문 선정)

정책이 만든 가치

박진우 지음
320쪽 | 22,000원
(2022 세종도서 교양부문 선정)

법에 그런 게 있었어요?

강병철 지음
400쪽 | 15,000원
(2021 텍스트형 전자책 제작
지원 선정)

내 손을 잡아줘

김선우 지음
264쪽 | 20,000원

정부의 예산,
결산 분석과 감시

조일출 지음
264쪽 | 20,000원

더 건강하게 오래 사는 만성질환 정복법

송봉준 지음
240쪽 | 25,000원

몸에 좋다는 영양제

송봉준 지음
320쪽 | 20,000원

해독요법

박정이 지음
304쪽 | 30,000원

효소 건강법(개정판)

임성은 지음
364쪽 | 15,000원

건강하게 살고 싶다면
디톡스

황병태 지음
240쪽 | 20,000원

자기 주도 건강관리법

송춘회 지음
280쪽 | 16,000원

손으로 보는 건강법

이욱 지음
216쪽 | 17,000원

헬스케어의 재발견

김희태 지음
224쪽 | 18,000원

오늘 하루 행복수업

초판 1쇄 인쇄 2025년 03월 17일
2쇄 발행 2025년 03월 28일

지은이   정안태
발행인   이용길
발행처   MOABOOKS 모아북스

총괄   정윤상
디자인   이룸
관리   양성인
홍보   김선아

출판등록번호 제 10-1857호
등록일자   1999. 11. 15
등록된 곳   경기도 고양시 일산동구 호수로(백석동) 358-25 동문타워 2차 519호
대표 전화   0505-627-9784
팩스   031-902-5236
홈페이지   www.moabooks.com
이메일   moabooks@hanmail.net
ISBN   979-11-5849-265-6 03810

당신이 생각한 마음까지도 담아 내겠습니다!!

책은 특별한 사람만이 쓰고 만들어 내는 것이 아닙니다.
원하는 책은 기획에서 원고 작성, 편집은 물론,
표지 디자인까지 전문가의 손길을 거쳐
완벽하게 만들어 드립니다.
마음 가득 책 한 권 만드는 일이 꿈이었다면
그 꿈에 과감히 도전하십시오!

업무에 필요한 성공적인 비즈니스뿐만 아니라 성공적인 사업을 하기 위한
자기계발, 동기부여, 자서전적인 책까지도 함께 기획하여 만들어 드립니다.
함께 길을 만들어 성공적인 삶을 한 걸음 앞당기십시오!

도서출판 모아북스에서는 책 만드는 일에 대한 고민을 해결해 드립니다!

모아북스에서 책을 만들면 아주 좋은 점이란?

1. 전국 서점과 인터넷 서점을 동시에 직거래하기 때문에 책이 출간되자마자 온라인, 오프라인 상에 책이 동시에 배포되며 수십 년 노하우를 지닌 전문적인 영업마케팅 담당자에 의해 판매부수가 늘고 책이 판매되는 만큼의 저자에게 인세를 지급해 드립니다.

2. 책을 만드는 전문 출판사로 한 권의 책을 만들어도 부끄럽지 않게 최선을 다하며 전국 서점에 베스트셀러, 스테디셀러로 꾸준히 자리하는 책이 많은 출판사로 널리 알려져 있으며, 분야별 전문적인 시스템을 갖추고 있기 때문에 원하는 시간에 원하는 책을 한 치의 오차 없이 만들어 드립니다.

기업홍보용 도서, 개인회고록, 자서전, 정치에세이, 경제 · 경영 · 인문 · 건강도서

모아북스 문의 0505-627-9784
MOABOOKS